山林中的成年禮
我的瑪那！

海德薇 文　Naomi芝 繪

謹獻給士涵、士淇，媽咪永遠愛你們。

目次 CONTENTS

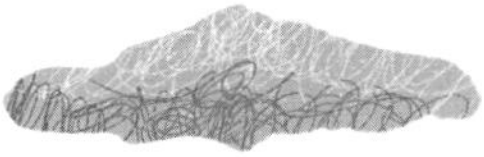

第一章 祕密行動

睡袋、換洗衣物、水壺、乾糧、金紙、打火機、毛巾、頭燈、濾水器、瑞士刀、指北針、繩索、地圖、望遠鏡、簡易急救包……，我把爸爸的備用砍刀也塞進背包，彷彿看見爸爸的身影與我重疊，也在床邊收拾行李。

我的爸爸是巡山員，為了守護遠在玉山上的國有林班地，平時住在南投的林務局宿舍，週末放假才會回來。所以，要上學的日子，多半是在鎮公所擔任雇員的媽媽照顧我。

爸爸平均兩個禮拜回家一次，那是我最快樂的時候，我會一直黏著他，就像狗屁股後面的小尾巴。我喜歡纏著爸爸問最新任務，是爬到好幾層樓高的大樹上採集種子？拯救受傷的登山客？還是不眠不休對抗森林大火？

爸爸的每一則故事都好驚險、好刺激，我的爸爸，巡山員爸爸，是偉大的山林英雄。

至於我，會萌生祕密行動的念頭，起因也和爸爸有關。

雖然對朋友們感到抱歉，但我怕一旦說出實情，他們就會退出計畫，或者更糟——他們會認為太危險而阻止我。

我絕對絕對不能取消祕密行動，我已經打定主意，不達到目的，不善罷甘休。

此刻，登山背包被壓得密密實實，我將揹帶調整成適合長度，攜帶物品也依據使用頻率和本身重量分類，比較常用的放上面，才方便拿取，有份量的放在靠背那一側，避免背包的重心被壓低，行走時得花更多力氣。

讓我仔細想想，還少了什麼？

噢，對了，我的瑪那。

我四下張望，看見棉被下方露出藍色浴巾的一角，我掀開被子，拉出浴巾，以溫柔的動作摺疊再摺疊，把縮小的「瑪那」塞進背包深處。少了它，我會睡不著覺。

媽媽說，在我牙牙學語的嬰兒時代，口裡蹦出的第一個詞彙就是「瑪那」，那是我自創的「嬰語」。爸媽猜了好久，才聽懂我指的是那條每晚陪睡的藍色浴巾。

我的瑪那，陪伴我將近十個年頭，從海軍藍褪成淺藍色，布料都磨薄了，質感變得非常柔軟好摸，其中一角還有個破洞。

我從不讓媽媽洗我的瑪那，小時候，她曾經偷偷拿去洗過一次，結果我哭到崩潰，發瘋似的攻擊洗衣機，打算從「吃衣服的怪物」嘴裡搶下我的瑪那。專屬的味道很難養，那可是混合了汗水、淚水、口水和奶水的氣味呢！是我不可分割的一部分。

整理妥當後我揹起背包，在玄關留下給媽媽的字條，然後套上登山鞋，前往約定地點和朋友們會合。

媽，我跟呂佑軒一起寫暑假作業，有一個小組報告，後天才回家，不要擔心。

兒
品泓留

這一則留言虛實參半，小組報告是幌子，真實的部分在於，未來三天兩夜，呂佑軒外加一個盧巧惟都是我的夥伴，我們即將前往森林的最深處、攀上山峰的制高點，和我爸爸一樣征服山林。

早上九點，登山口雜貨店集合。

終於要實踐我的夢想了，當我踏著雀躍的步伐前往時，幾乎無法阻止自己的嘴角上揚。遠遠地我便看見盧巧惟站在店門口朝我揮手，她戴著一頂防曬帽，及肩長髮束成馬尾，臉上掛著既興奮又緊張的微笑。

照理來說，盧巧惟家比我家更遠，她卻最早到，果然符合她自律甚嚴的性格。我們三個人裡頭，反倒是呂佑軒住得最靠近雜貨店，但我懷疑那個小胖弟正在搜刮家中冰箱，他不怕風吹日曬，也不怕走遠路，生平最擔心的是沒飯吃。

「巧惟！」我跑向她。

身後傳來嘎吱嘎吱的響聲，呂佑軒笑嘻嘻地踩著破單車超越我，一邊對我做鬼臉，「瘦皮猴，你最慢！」

我加快腳步衝向雜貨店，跳起來一把鉤住呂佑軒的脖子，「呂胖子！」

略帶緊張的笑聲中，我幫他把單車停好，斜靠在雜貨店外的側牆上。

「小心點哪，你們兩個。」盧巧惟好氣又好笑地說：「佑軒，你該幫車輪上油了吧？那麼大聲，是想讓全世界知道我們的行蹤嗎？」

「怕被抓到嘛！所以騎很快。」呂佑軒滿臉通紅。

「你怎麼跟你爸媽解釋？」我問。

「說要去你家寫作業，要寫整整兩天。」他回答。

「這種謊話他們也信？」我張大嘴巴。

「不是謊話，是笑話。」呂佑軒翻了翻眼睛，又道：「聽到我願意用功讀書，爸媽開心死了，根本沒心情懷疑真實性。況且他們忙著備料，準備餐廳開門營業，才沒空理我呢。」

呂佑軒家的熱炒店已經傳承兩代，從他阿公開始經營，店面愈做愈大，還被美食記者報導過，牆面貼滿各大報章雜誌的新聞採訪。

他爸媽每天都很忙，尤其週末和連續假期更是一刻不得閒，從早到晚應付慕名而來、流著口水、等待享用山珍野菜的遊客。

「巧惟妳呢，出門順利嗎？」我又問。

盧巧惟的爸媽都是老師，管她管得很嚴，在我一開始提出登山的想法時，本來還沒把握說服她答應邀約。不曉得為什麼，後來三人之中最興致勃勃、不斷追問出發日期的反而是巧惟。

「我跟爸媽說，要和隔壁班的第一名切磋功課。」盧巧惟害羞地說。

「對唷，妳們在同一個音樂教室學鋼琴，爸爸媽媽都互相認識。可是，她怎麼會願意幫妳圓謊？妳們兩個一直在競爭五年級第一名的寶座，根本不是好朋友。」我問。

「我在外面玩，她在家裡練琴念書，當然願意啦。」盧巧惟苦笑。

「天哪，第一名的世界壓力好大。」呂佑軒癟嘴。

「別想那麼多，既然出門了，就好好玩吧。」我說。

於是我們就上路了，時值初夏，七月的豔陽毫不客氣，曬得人皮膚發燙。然而離開了大馬路，踏上濃蔭蔽日的石階以後，多虧樹冠篩過了猛烈金光，只留下喧騰的蟬鳴聲，所以走在林蔭裡並不覺得炎熱。

我們都穿著淺色排汗衫和運動長褲，頭罩帽子、身披防風外套，腳上則是登山鞋或運動鞋，揹著登山背包。

沿著雜貨店後方的蜿蜒階梯拾級而上，我擔任領隊，呂佑軒走中間，盧巧惟殿後，步道兩旁芒草叢生，三組腳步聲相互應和，石砌階梯通往登山口，登山口則邁向我們證明自己獨立的「成年禮」。

「沒有人忘記帶東西吧？我負責帶藥，我這裡有透氣膠帶、消毒水、OK繃、胃腸藥、消炎止痛藥、感冒藥和生理食鹽水。」盧巧惟掰起手指頭盤點物資，「你們呢，有沒有漏掉什麼？」

「我確認了兩次。」我回答。

「我負責帶公糧嘛，安啦，妳只要等著吃就好了。」呂佑軒拍拍胸脯，「回來以後，我一定要向同學好好炫耀一番，全台灣有哪個國小五年級學生，敢獨自跑到山上露營？」

「應該說，是沒有大人放心讓小孩那麼做吧？」盧巧惟說。

「身為森林小學的學生，驗收野外求生技能不為過吧？」我說。

野外求生是我們學校的特色課程，我們學過認識動物、辨識植物、生火野炊、打繩結和攀岩垂降。我們曾跟著老師到溪邊玩水，也曾在操場築起篝火開派對。山是家，是學校，更是我們的遊樂場和後花園。

「對了，聽我媽說，最近有可疑人士在這一帶亂晃，叫我多注意自身和門戶安全。」盧巧惟說。

「如果遇到壞人，我就拿鍋子和鏟子扁他。」呂佑軒比劃起功夫。

我噗哧而笑，命運真是奇妙，在我們這個小班制的學校裡，每班只有十多名學生，而個性迥異的盧巧惟和呂佑軒竟與我結為好友。個性沉穩聰慧的盧巧惟是軍師，活潑搞笑又有一手好廚藝的呂佑軒是廚師，而我則是隊長。若真能成就這次祕密行動，鐵三角肯定是最重要的後盾。

幾分鐘後，登山口近在眼前，我們於一棵高聳參天的茄苳樹下停步。

茄苳樹

葉片：掌狀三出複葉，小葉卵形，長7-15公分

花形：圓錐花序、雌雄異株。花小，淡黃綠色，無花瓣

花期：1-3月

高度：大喬木，可達20-30公尺

茄苳樹粗糙的樹皮像是百歲人瑞臉上的皮膚，佈滿深淺不一的溝紋，樹幹上奇形怪狀的樹瘤更似人臉的五官，凸起的部分是眼睛，凹陷的樹洞是闊嘴。

我卸下肩頭的背包，從中取出一包餅乾和一小疊從家中拜神明常備的金紙，並排放置於錯節隆起的樹根旁。

我爸教過，入山前要先祭拜山神，請祂保佑我們順利平安。聽說原住民的入山儀式更講究，他們會準備小米酒和小米粽子，把瓶蓋當作杯子，倒滿後以手指沾酒灑向大地，請山神祖靈庇佑他們。相較之下，平地人的禮俗算是簡單得多。

我雙手合十閉上眼睛，誠心祈求神靈助我達成願望，儘管熟悉這座山，在內心深處，我清楚明白山的危險，森林會奪人性命，會讓人困惑，猶如充滿神祕語未知的迷宮，萬萬不可輕慢。

當我睜開眼皮，發現呂佑軒和盧巧惟也神色虔敬，學我拜了三拜。

「拜託土地公保佑我們此行吃好喝好睡好，玩得開心，平平安安，不會被大人抓到。」呂佑軒說。

盧巧惟抿起嘴角偷笑。隨後，我掏出打火機點燃金紙。

眾人的注目下，火光舔舐紙張，邊緣焦黑捲曲，最後化為鉛白色的煙霧和灰燼。隨著白煙冉冉上升，我心中的祈願彷彿也跟著掠過樹梢，飄向遙不可及的天際。

我以樹枝翻攪餘燼，確認金紙燃燒完全，沒有引發火災之虞。

「唉唷！」

「你沒事吧？」

「福大命大屁股大，沒事。」呂佑軒拍去褲管上沾染的泥土，心疼地說：「只怕壓壞了背包裡面的食材。」

為了讓出多一點空間，呂佑軒往旁邊跨步，一腳踩進了錯綜複雜的菟絲叢裡，被金色的網狀藤蔓絆住。幸好他摔在自己的背包上，讓裝滿東西的背包成為緩衝，所以人沒有跌傷。

盧巧惟和我一人伸出一隻手，把他從地上拉起來。

「你被植物界的吸血鬼纏上了，那是菟絲子。菟絲沒有葉綠素，從泥土裡發芽以後，只要找到寄生植物，菟絲的根就會枯萎，從此完全依賴寄主的養分存活。野外常常可以看到菟絲攀著樹幹，一圈一圈的生長，跟蜘蛛網差不多。」我說。

「才剛出門就跌倒，會不會是什麼惡兆？」盧巧惟晶亮的眼裡閃過一絲憂慮。

巧惟的話讓我猛然想起古老習俗，爸爸說過，台灣早期的伐木時代，如果工人一大早打翻便當，那天就直接休息、不工作了，因為他們深信只要有壞兆頭，出門一定會發生事情。

就連巡山員莫名其妙被樹枝打到，或是那天感覺特別衰，其他同事也會要求他坐在旁邊休息，能不動就不動。

然而我一心只想趕快往前走，我甩開

菟絲子

葉片：無葉或葉退化成膜質鱗片，互生
花形：花朵細小，白色，總狀花序
花期：10-2月
高度：纏繞性草本

那些不吉利的念頭，催促大家通過登山口繼續前進。策畫已久的行動，千萬不要有差錯啊。

走著走著，盧巧惟忽然喊住大家，「等一下。」她偏著頭側耳傾聽。

「又怎麼了？」我深怕她臨時反悔，「再不出發，我們會來不及趕到紮營地。」

盧巧惟回頭張望：「我總覺得後面有腳步聲，可是沒看到人影。」

這時，林道上竟傳來「啪」和「喀啦」的聲響，蓊鬱靜謐的森林裡，樹枝被踩斷的餘音清晰可聞。

第二章　不速之客

「會不會是有人看見我們鬼鬼祟祟溜上山，報警抓我們？」

「拜託來的千萬不要是主任，更不要是我老媽。」

「噓！」

我們蹲在樹幹後屏息以待，跫音步步逼近，真希望自己能隱形。

距離三公尺、兩公尺、一公尺……等到人影近在眼前，我認出了那名不速之客。

呂佑軒率先跳出來，「林意晉，怎麼是你？」

「嚇死我了。」林意晉罵道：「要是你把我嚇出病，我媽會跟你要醫藥費。」

林意晉是我們班的小霸王，總是戴著一副很貴的眼鏡，炫耀他爸又買了新款手機和任天堂遊戲給他。

「我剛剛去雜貨店買東西，看到你們幾個賊頭賊腦的。」林意晉不懷好意地問：「宋品泓瘦皮猴，呂小胖，還有盧巧惟，你們三個想幹嘛？」

「要你管。」呂佑軒翻白眼。

「老師叮嚀暑假期間要注意安全，不可以進行危險活動。你們是不是想要觸犯校規？」林意晉冷笑。

「才沒有。」我說。

透過眼鏡鏡片，林意晉賊兮兮地打量我們三人，在瞄到茄苳樹下的金紙灰燼時奸笑起來，「我懂了，你們在這裡玩火。我要告訴警察，說你們意圖引發森林火災。」

「少汙衊我，在山上要確定火源完全撲滅才能走開，這點常識我還有！而且我們也不是玩火，是在祭拜山神，保佑我們露營平安。」我不服氣地說。

「笨蛋。」盧巧惟衝過來摀住我的嘴，「你中了他的激將法啦。」

「原來是露營啊。」林意晉面露得意。

我懊惱地搔搔頭，被逮到了，這下子該怎麼辦呢？我內心的小劇場忙碌起來，浮現各種可能，我可以把林意晉敲昏，然後趕快逃走。要不，直接甩開他好了，反正我們鐵三角的每個人都跑得比他快……。

「哼，告狀鬼，要告就去告吧，等你帶老師過來，我們早就走遠了。」呂佑軒說。

結果，林意晉拋出一個出乎我們意料的答案。

「少爺我今天心情好，在掌握證據以前，決定先跟著一起走，全程監視你們。」林意晉雙手抱胸。

「噢，不。」盧巧惟哀號。

「爬山講究團隊合作和求生技能，還需要良好的體力，我可是要對大家負責的耶，才不要多帶一個拖油瓶。」我嚴詞拒絕他。

「我們也沒有多的食物分你。」呂佑軒嚷道。

「我自己有帶吃的，瑞士進口的唷。」林意晉拉開背包一角，愛現地秀出包裝上寫滿英文字母的餅乾和巧克力。

呂佑軒不高興地瞪著林意晉，林意晉也瞪回去，眼看雙方僵持不下，我認命地嘆了口氣。

「算了，與其吵到天荒地老，不如趕快動身吧，否則太陽都要下山了。」

林意晉覺得他可以穿牛仔褲跋山涉水，拿巧克力餅乾當飯吃，這些通通無所謂。我寧願忍受他，也不想在原地浪費時間。

「隊長說了算。」呂佑軒咕噥。

於是，百般不情願下，我們多了隻意外的跟屁蟲，由精挑細選的三人菁英小組，搖身一變為濫竽充數的四人隊伍。林意晉被我安插在呂佑軒和盧巧惟中間，讓巧惟盯著他，免得他脫隊太嚴重，影響我們的進度。

告別登山口的老茄苳樹，我們成一路縱隊，在青剛櫟和相思樹組成的常綠闊葉林之間，以固定速度推進。

「那個，巧惟，妳媽沒有逼妳去上暑期補習班嗎？」

「當然有，下禮拜開始，每個禮拜一到五，從國語補到英文，晚上還要練鋼琴。」

「你的日程表排得真滿。」

青剛櫟

葉片：互生，倒卵狀長橢圓形或長橢圓形，長5-15公分，葉緣上半部或近1/3處有具粗鋸齒

花形：綠色，雌雄同株，雄花序下垂呈葇荑花序狀

花期：1-3月

高度：可達20公尺

「有時我真羨慕你，家裡開餐廳，爸媽都很忙，愛幹嘛就幹嘛。」

盧巧惟和呂佑軒把林意晉當成空氣，隔著他和彼此喊話聊天。

「開餐廳才不好，我寫完功課就得去幫忙。爸媽老是要我做這個做那個，點菜、端盤子、洗盤子，而且還沒有薪水。」呂佑軒語帶不滿：「我媽常說，我已經長大了，是半個大人，要多幫家裡。」

「好棒喔，我也想被當作大人，我媽

相思樹

葉片：假葉互生，披針形或鐮刀狀披針形，長8-10公分

花形：頭狀花序，金黃色

花期：4-6月

高度：中喬木

總是幫我安排一大堆才藝課和讀書計畫，每天照表操課，完全不相信我有能力照顧自己。」盧巧惟聽起來非常羨慕。

「哪裡棒？如果廚房人手不足，我還要洗菜、切菜，內場、外場兩邊跑呢！」

「你有沒有順便偷吃幾口？」

「當然，這是唯一的好處。話說回來，巧惟，妳爸媽都是老師，他們也希望妳繼承衣缽吧？」

「問題是我不想啊。」

「那妳有跟他們說？」

「呃，我不敢。」盧巧惟想了想，道：「還是品泓最幸福了。」

「沒錯，他們家的男生都自由自在，像森林泰山。」呂佑軒也說。

我想開口辯解，嘴裡卻嚐到一絲苦澀。

要是真如他們所說就好了，誰能體諒我的苦衷呢？就是因為不自由，我才需要用祕密行動證明自己的實力啊！

夾在隊伍中央的林意晉突然插嘴：「我長大以後要繼承家業，我爸都規劃好了，所以無法體會你們微不足道的煩惱。」

多虧林意晉四處宣傳，身為竹筍加工廠寶貝獨生子一事，從校長到廚房阿姨，全校師生都有所耳聞。他老爸是家長會會長，校門旁正在興建的遊樂設施正是由他爸全額贊助，這點更讓他走路有風，跩得像迎神廟會上的官將首。

「安靜啦，沒有人跟你說話。」呂佑軒罵道。

「就是嘛，麻煩你不要邊走邊拍照，注意腳下，佑軒剛剛才被菟絲子纏到腳。」盧巧惟說。

「那是什麼？」

「一種金色的寄生藤蔓。」

「呵呵，不會啦。」

林意晉拿著手機，邊走邊拍照，鏡頭一下子追逐飛舞的台灣紋白蝶，一下子又捕捉起山景的靜態畫面。

「不要羨慕，我的新手機有廣角鏡頭，拍照效果一級棒。」林意晉快步擠到我旁邊彎腰拍照，「這果子好可愛，能不能吃啊？」

沒等我反應過來，他就摘下一把青綠色蒴果，放在掌心把玩。

一見那披針狀深綠色葉片，我便心裡有數了。

「有毒。」我冷冷地說：「台灣馬醉木看起來無害，花朵的好像一串小鈴鐺，其實全株都有毒。原住民會把台灣馬醉木搗碎泡水，當作殺蟲劑，如果人不小心吃到，會呼吸困難，全身抽搐喔。」

林意晉聽了嚇得縮手，綠色果子掉進草叢。

「你騙人。」他臭臉說。

「品泓沒有騙人，他爸是巡山員，和

台灣馬醉木

葉片：叢生，倒披針至披針狀長橢圓形，長3-8公分
花形：壺型、白色、總狀花序
花期：1-3月
高度：灌木—小喬木

山有關的事情無所不知。」呂佑軒說。

「什麼是巡山員？」林意晉問。

「正式名稱是『森林護管員』啦，不過大家都稱他們為『巡山員』。巡山工作包括搶救森林火災、抓山老鼠、巡視林班地還有救助山難等等。」我回答。

「他爸曾經花了整整三天搜尋，成功把受困的登山客揹下山呢，很厲害吧？」呂佑軒以崇拜的語調附和，不愧是我的好朋友。

我接著解釋：「台灣是一座島嶼，有六成國土都是山地，現在卻只有一千多個巡山員，每個人要負責的區域相當於五十幾座大安森林公園。可是林地並不是平坦的地形，巡山員常常必須經過危險的懸崖峭壁，或是爬上很高的樹，他們工作很辛苦，是保護我們自然環境的無名英雄。」

爸爸黝黑的笑臉和健壯的臂彎閃過我的腦海，他好久沒放假回家了，我很想念他。

「品泓說他長大以後，也要當個巡山員呢！」呂佑軒說。

「那有什麼了不起？一個月薪水多少？」林意晉撇撇嘴。

他不屑的嘴臉激怒了我，我大聲說：「當然了不起，就算面臨世界末日，不管是天崩地裂還是大洪水，巡山員都有能力存活！」

「告狀鬼，你連有毒植物都分辨不出來，還好意思看不起別人？」盧巧惟皺眉。

林意晉氣得整張臉脹成醬紫色：「記那些要幹嘛？用我最新型的平板手機上網查就好了。告訴你們，我爸管好多員工，還賺好多錢，那才厲害。」

我和呂佑軒交換了一個無奈的眼神，有點後悔讓那傢伙跟來。再往前走，我們路過一片竹林，林道另一側則是幾棵隨風搖曳生姿的楓樹。接下來的兩個小時，我們專心遊走於成片綠意之間，恣意吞吐芬多精，以清新空氣洗滌身心。

相思樹春季的花期已經過了，否則我們便能一窺金黃色的球狀花序，像是一只只迷你啦啦隊彩球。青剛櫟果實是松鼠和黑熊心目中的美味，每年十月到十二月是結果期，很容易在樹下撿到表面光滑的橢圓形堅果。

高大的喬木下方點綴著一叢叢灌木，桃金孃正是怒放的時候，緋紅妍麗的花瓣約莫指甲大小。雙花龍葵的白色星形花朵又更纖細小巧了，猶如墜落地平線的點點星斗。

風聲、鳥叫、蟬鳴，譜出大自然的進行曲，我們則以節奏規律的步伐回應。

偶有涼風襲來，溫煦的微風中挾帶絲絲花香，我渾身發熱，額際微微冒汗，在喘息中嚥下沁人心脾的芬芳氣息。

溫度合宜，風景秀麗，祥和氣氛如一張舒適的毯子包覆著我們，直至尖叫聲劃破寂靜的那一刻。

「唉唷！」

霍然轉身的剎那，我剛好目睹林意晉給石礫絆了一下。

「就叫你不要邊走邊拍照吧！」盧巧惟慌張大喊。

他整個人往前撲，雙手在半空中揮舞，手機被拋向草叢，接著，林意晉抓住了面前少數有辦法支撐他的東西，也就是呂佑軒的褲頭。

「色狼！」呂佑軒露出半個屁股，迅速伸手護住自己的內褲。

「我又不是故意的。」林意晉站穩後，拿衣擺反覆擦手，彷彿摸到髒東西。

盧巧惟好心幫他拾回手機，不忘數落他兩句：「活該。」

「螢幕裂了。」林意晉哭喪著臉，這才不情願地把手機塞回背包。

第三章　藏不住的祕密

樹影在日正當中時縮到最小，又在令人昏昏欲睡的午後時光中逐漸拉長，翻過一座山嶺後，步道明顯向下傾斜，我們開始往低處走。

健行對我們來說並非難事，每週四的早自習，全校師生會一起去後山爬山，我們從一開始的氣喘吁吁，到後來健步如飛，還可以談笑風生走完全程，固定的鍛鍊確實對體能很有幫助。

在抵達谷底溪邊的紮營地以前，我們停下來三次，兩次是喝水順便上廁所，一次是吃午餐。午餐以簡單的麵包果腹，搭配水壺裡的礦泉水。

盧巧惟、呂佑軒和我各自揹了一公升的水，林意晉那個天才卻帶了兩瓶可樂，直接把碳酸飲料當水喝，惹來眾人的白眼。

「傻瓜，登山的時候，呼吸和流汗都會讓人體流失水份。你不知道身體分解糖分，會浪費更多水份嗎？」我語重心長地對他說：「人可以幾天不吃飯，但絕對不能不喝水，缺水會使腎臟停止運作，膀胱和尿道產生燒灼感，舌頭則會腫脹肥大，讓人在痛苦和失語中逐漸邁向死亡。這就是為什麼巡山員夜宿野外時，紮營地必須盡可能靠近水源，才方便取得飲水補給。」

「不用你管。」

「算了，好心沒好報。」

已是日落西沉的時刻，天色漸漸黯淡下來，雲彩由黃漸次轉為桃紅。豔麗繽紛的紅霞映入視野，暮色中的夕陽猶如暈染層層幽影。

從我們在林間聽到水聲至走到溪畔，又過了一個多小時。

「要搭帳棚了嗎？」盧巧惟問。

「先等一下。」我說。

爸爸曾說，選擇紮營地時必須仰賴直覺，如果內心萌生不好的預感，或是頭皮有麻麻的感覺，就應該另外尋找適合的地方。

環顧四周，這裡地勢平坦，遠離峭壁，沒有被落石崩塌砸傷的危險，與河岸也保持了五十公尺的安全距離，不怕溪水臨時暴漲。

偏著頭仔細感受了一下，沒有覺得不對勁，於是我告訴大家：

「就這邊吧。」

「還不快來幫忙？」呂佑軒瞪著坐在大石頭上放空的林意晉，「還是你決定晚上睡在樹林裡餵蚊子？」

爬了一天的山，林意晉好像很累，整個人沒什麼精神，真是不耐操。

「幫什麼忙？」他連回嘴都懶洋洋的。

「搭帳棚呀。」呂佑軒說。

林意晉臉上寫滿茫然，「可是我不會。」

「你沒有露營過？真可憐。」

「誰沒露營過！我……我工廠小開欸，當然是傭人幫我搭帳棚啊！」

說到惹人生氣，林意晉真的很擅長，而且不會錯過任何機會。

「那我就是熱炒店小開。」呂佑軒笑著說。

「我是山大王小開。」我也說。

林意晉心不甘情不願地起身，學我們卸下背包，一起動手拉開我爸用了十多年的二手營帳，四角以營釘固定，再把睡袋和背包收進裡面。這帳棚雖舊，我對它卻很有感情。

「沒有充氣床墊嗎？這樣躺下來，背會碰到底下的石頭。」林意晉嘀咕。

「有營帳就不錯了，巡山員還直接睡在野地裡，上面拉一張藍白帆布擋風雨，下面墊一張帆布給人躺，就這樣過夜呢。」我說。

「為什麼不睡帳棚？」盧巧惟愕然。

「要帶的東西太多，像測量工具啦，或食物飲水啦，帳棚算是比較不重要的，就乾脆省下來了。」我說。

「那我沒辦法，太沒安全感了。」盧巧惟說。

「對了，品泓，你爸什麼時候回來？」呂佑軒問。

「幹嘛？」我問。

「想搭他的超帥野狼機車兜風。」他說。

野狼一二五是巡山員巡視林班地的標準交通工具，被設計來克服各式各樣的的崎嶇地形和複雜彎道，雖然無法以速度取勝，卻有能力上山下海。

不只是佑軒，我自己也很喜歡轟隆作響的排氣管，當我抱著爸爸的腰，乘坐野狼機車馳騁於山路上，說有多神氣，就有多神氣。

「可能下個月初吧？我爸參加了十一天的深山特遣任務，最近很忙，連手機都沒有訊號。」我告訴呂佑軒。

「在山上睡十個晚上？太了不起了。」盧巧惟讚嘆道。

「哼，既然巡山那麼辛苦，幹嘛不做別的工作？」林意晉不以為然地說。

「豌豆公主，你不懂啦。」我垮著臉回答。

一個出生在富裕家庭，凡事都有專人打理的少爺，又怎能理解所謂的追逐夢想呢？

搭好營帳之後，接下來的任務是建構野外廁所以及烹調晚飯。

我們分成兩組，一組挖茅坑，一組煮晚餐。呂佑軒是擔任大廚的不二人選，細心的盧巧惟則扮演他的小助手。精細的工作給他們倆包了，我和林意晉理所當然負責出賣勞力。

呂佑軒的背包好像多啦A夢的百寶袋，只見他不停從裡面搬出各類食材和烹飪器皿，他甚至用夾鏈袋裝了少量的鹽巴和柴魚片等調味料。

盧巧惟興致勃勃地探頭，「你帶了什麼？」

「香腸、蛋、青菜、米、泡麵……」

「這個香腸是真空包裝的耶，好專業。」

洗淨的芭蕉葉充當臨時的砧板，呂佑軒著手洗菜切菜，同時，盧巧惟撿來乾燥的枯樹枝，在地上清出一塊半徑一點五公尺的空間，把木材堆成有空隙三角形，點火後開始燒開水。

我在不遠處選了個草少的空地，在我的指揮下，林意晉跟我共同用石片刨出一個淺淺的坑洞。他一邊工作一邊喃喃自語，淨說些什麼在野外上廁所很尷尬，還有用樹葉當衛生紙很可悲之類的傻話。

對某些人來說，就地解放需要勇氣，蟲咬屁股總是讓人心懷恐懼。我個人是覺得還好，可能山上住慣了吧，常看鄰居拿果皮、菜葉自行製作有機肥。大自然裡的動物不也是到處自在的排泄？牠們也不會難為情啊。所以，我覺得把糞便當作堆肥，是一種原始、回歸自然的作法。

還有，他的無知著實令我同情，上廁所當然要用衛生紙啦，其實，等到擦完屁股，只要摺好放進夾鏈袋帶下山就可以了。

落日漸沉，襖熱的陽光謝幕退場，遞補上位的是舒爽的涼意。

等我們這組挖好了坑，晚膳組那邊也煮好一鍋香噴噴、熱騰騰的泡麵了。我和林意晉急忙把手洗淨，被誘人的濃郁香氣吸引至火堆旁，眼巴巴地往鍋子裡瞧。

湯麵裡有肉有菜，用料豐富且慷慨，半透明的蛋汁裹著麵條，最上層還點綴著色澤翠綠的蔥花。

我早就飢腸轆轆，肚子咕嚕咕嚕地打起鼓來，彷彿裡面藏了一支熱情的節奏樂隊。

「好香喔。」林意晉嚥下口水。

「你不是自備了進口巧克力？」呂佑軒故意損他。

「我們只有三副碗筷。」發現餐具數量帶得剛剛好，盧巧惟於心不忍，「這樣好了，我的碗蓋給林意晉用。」

盧巧惟在碗蓋裡裝滿香噴噴的配料和泡麵，端給了林意晉。

「那我的湯匙給你用，我拿筷子就好。」我把湯匙放在他的碗蓋上。

本來垂頭喪氣的林意晉抬起眼來，神情有些複雜。

「吃飽一點，要是你明天走不動了，我們還得把你扛下山哩。」呂佑軒說。

呂佑軒的手藝確實精采，我們狼吞虎嚥起來，無人能抵擋美食的誘惑。

大約晚間七點多，森林已漆黑一片，我們到溪邊清洗碗盤。經過食物的撫慰，大家的心情都很好，也還不想睡覺，索性圍著火堆聊天，讓溫暖的營火驅走涼意。

呂佑軒從背包翻出一包棉花糖，讓我們串在樹枝上烤來吃，烤棉花糖鬆軟甜蜜，放進嘴裡瞬間融化，簡直是來自天堂的美味。

「要是每天晚上都那麼開心，該有多好？」盧巧惟有感而發。

「就是啊，不用在餐廳裡團團轉，能做自己想做的事，實在太爽快啦。」呂佑軒舔了一口棉花糖，像貓一樣發出滿足的呼嚕。

我起身走向帳棚，拉開拉鍊後半身探入營帳，找到背包裡的藍色大浴巾——我的瑪那——擁入懷中，然後回到篝火邊，深深吸入一口氣，讓熟悉的味道將我環繞。

「那是什麼？」盧巧惟好奇地瞥了我一眼。

「我的『瑪那』。」我把半張臉埋進浴巾裡。

「宋品泓，你現在還要抱小被被？而且還給你的小被被取名字？」林意晉嘴角顫抖，像是在忍著笑。

「不行嗎？」我鐵青著臉問。

「你好像長不大的小寶寶喔！」林意晉的胸膛爆出笑聲。

「我才不是。」真是忘恩負義！我從位置上一躍而起。

「我床頭也有一個陪我很久的娃娃，只是沒把它帶出門。」盧巧惟說。

「喂，姓林的，你真是不知好歹，品泓答應帶你來露營，你怎麼反過來嘲笑他？」呂佑軒忿忿地扔下樹枝。

「本來就是，瘦皮猴跟那個什麼『菟絲』的一模一樣，沒有小被被就活不下去。」林意晉取笑。

我最近很敏感，討厭被當成小孩子看待，而「長不大」這三個字恰恰刺傷了我。我想起爸爸拒絕我的要求時，也說過類似的話……。

「品泓你還小，等你大一點，變成獨立的大男孩，有能力面對危險的高山，爸爸再帶你一起出任務。」

我在野外求生課程總是最認真，爸爸講的每一句話也都牢記在心，和爸爸一同出任務是我心中最深切的渴望，我想讓爸爸知道，我是他的好助手。林意晉的嘲笑無疑是在我的傷口上灑鹽。

什麼我還小？像菟絲？一股鬱悶從胃底翻騰而上，舌間的棉花糖不美味了，面前的營火也不再讓我感到舒服。

我的雙手緊緊握拳，指甲卡進掌心，身體不由自主地發抖，對林意晉吼道：「你錯了！我才不是小孩子，等我爸發現我有能力自己在山上度過三天兩夜，下次他出任務，就不會不讓我跟了。」

「等一下，瘦皮猴，你把我們騙上來，是跟你爸嘔氣？」林意晉恍然大悟：「只為了實現你個人的英雄主義？我以為我們是來冒險的耶！」

「品泓，你當初不是這樣跟我說的。」盧巧惟不悅地說。

「我還以為我們是來玩的耶？」呂佑軒也浮現受傷神情。

第四章 誰是媽寶

我們「鐵三角」吵了一架，懷抱著滿肚子不高興入睡，第二天早上我在天光朦朧中醒來，發現自己是倒數第二個起床的人，帳棚內只剩下林意晉還窩在睡袋。

火堆上的鍋子傳來煎蛋香味，佑軒忙著煮早餐，盧巧惟幫忙將剩餘食材分門別類，土司一片片被平放在芭蕉葉上，準備加入荷包蛋，做成煎蛋三明治。

「早。」我輕聲道。

呂佑軒的動作停格半秒，隨即悶不吭聲繼續煎蛋。他的臉色很糟糕，彷彿他是債主，我是欠錢不還的人，其實我也自知理虧。

一旁的盧巧惟朝我擠出一個無奈的微笑。

我只好走開，在沉默中洗臉刷牙，把睡袋摺疊好塞回背包，然後將空水壺灌滿昨晚煮沸放涼的水。

把該做的事做完，我拖著遲疑的腳步靠近營火，選在幾步外一棵筆筒樹旁的大石頭坐下。古怪的氣氛依舊在營地內瀰漫，猶如在頭頂盤旋、揮之不去的搖蚊。

「這份是你的，我們吃過了。」盧巧惟遞給我一份三明治。

「謝謝。」我咕噥著咬下焦香滿溢的土司。

呂佑軒持續迴避我的目光，用筷子猛戳鍋內的蛋，只見卵黃流淌而出，荷包蛋頓時變成了炒蛋。

「你們還在生我的氣？」我忍不住問。

盧巧惟謹慎地瞄了呂佑軒一眼，問我：「我們是好朋友吧？」

「當然。」

「那為什麼要對我們說謊？」

這真是個好問題，我不知道該怎麼回答。

關於山的一切，幾乎都是爸爸教給我的，我像一塊盡力吸收知識的海綿，牢牢記住每一種有毒的植物、危險的蕈菇、以及在野外保命的原則。

我和爸爸一起露營過不下百次，爸爸曾說，我是他最好的小幫手，選擇營地、搭建營帳、無具野炊全都難不倒我。即便是學校的戶外教學課程，必須徒步走上十多公里，我也臉不紅氣不喘，總是走在隊伍的前頭。

爸爸說過，我比他少數欠缺訓練的同事更有能耐，有機會要帶我一塊兒出任務的。

然而，上次爸爸放假回家，提及他規劃中的深山特遣任務時，卻拒絕了我與他同行的提議。明明出發日期就在暑假期間，我不需要向學校請假的呀！

「傻孩子，深山特遣是很嚴肅的，不是普通一天來回的巡山工作。巡山員走的都是沒有山徑的地方，必須自行拿砍刀開出一條路，還有可能必須溯溪、垂降或經過崩塌地，路途上危機四伏，你還太小，不要胡鬧。」

我哪裡小呢？我已經有獨當一面的能力，有時候媽媽需要加班，也是我自己一個人在家呀！唉，我真的好想好想跟爸爸出任務。

媽媽見我情緒低落，追問我怎麼了，我向媽媽訴苦，媽媽卻反問我：「你想，爸爸為什麼不讓你去呢？」

「因為他覺得我幫不上忙，帶我去很麻煩，他不相信我可以獨立自主。」我說。

媽媽既沒有點頭，也沒有搖頭，只是再問：「那你認為，什麼是『獨立』呢？」

「自己照顧自己，自己做決定呀。」

「你再想想看。」

我想破了腦袋，最後決心花個三天兩夜，在沒有大人看照的狀況下，成功上山、下山，開啟一段未知的旅程，探索沒有人走過的道途，證明我和爸爸一樣厲害。這是我給自己設立的「任務」。

拜託，我可不是毫無籌劃，盲目一頭撞進森林。

我們居住的鄉里位在海拔只不到八百公尺的淺山，以我對這座山的熟稔程度，絕對不可能走丟，即便不小心迷途，我也還有指北針和手機。這條登山步道常有遊客出入，林道維護得很好，沒有安全疑慮。

至於為什麼不坦白告訴呂佑軒和盧巧惟？或許在內心深處，我也擔心受到否定，擔心他們質疑，所以，我寧可假裝這是一趟露營之旅，以玩樂掩蓋真實目的。

結果弄巧成拙，現在我最好的兩個朋友正對我大發雷霆。

我挪挪屁股，往後靠著筆筒樹莖幹，抬頭遙望天空，正好瞥見頭頂呈傘狀的筆筒樹樹葉。只見每一片羽狀複葉灰白色的背面都長滿了孢子，它們是筆筒樹的小寶寶。不知怎的，我突然對筆筒樹產生了投射心態，天哪！我不要當躲在葉片背後的孢子寶寶，也不要當菟絲子。

「對不起啦。」我搓搓臉頰：「我爸

葉片：三回羽狀複葉，螺旋狀排列、葉長200-400公分

花形：蕨類植物不開花也不結果，以孢子來繁殖後代

花期：無

高度：約小喬木高度

說要帶我去出任務，後來又說話不算話，還念我耍小孩子脾氣，我實在受夠了被看作長不大的小朋友，所以……」

「原來如此。」盧巧惟語帶同情地說：「我也很討厭被罵不懂事。都五年級了，我爸媽還親自接送我上學、放學，和朋友出去也要定時打電話報平安，而且我懷疑他們偷看我的日記。」

「太不尊重人了吧？」

「就是啊！我一點隱私也沒有。」

呂佑軒聽見我們的對話，不再保持沉默，轉頭說道：「巧惟，妳爸媽是學校老師，當然會和妳一起去學校啊。我還希望有大人接送咧，可惜我只能自己騎腳踏車。」

「可是我整天都在他們的掌控中，完全沒有私人空間，壓力好大。」盧巧惟說。

「要是我們的爸媽能夠加起來除以二就好了。」隔著抹布，呂佑軒將鍋子從火堆取下，擱在一塊平坦的石頭上，然後用砂土和水撲滅餘火。

「怎麼說？」

「我每天放學回家，爸爸媽媽通常都還沒回來，他們會在餐桌上留下我的晚餐，如果太忙或忘記，我就從冰箱拿出隔夜飯和雞蛋，弄一個蛋炒飯來吃。我寫功課沒有人幫我檢查，寫完就放在茶几上，等我爸媽關店回家再幫我簽名。功課比較少的話，我就會去店裡幫忙，要是功課比較多，實在擠不出空檔，或是覺得很累，我就不進餐廳，洗完澡直接去睡覺，常常一整天下來都見不到爸媽一面。」呂佑軒拿著樹枝攪散灰燼。

「至少他們很相信你，不會把你轟出廚房，說你可能把房子燒掉。我媽只允許我在她的監視下煮泡麵和水餃。」我說。

「煎蛋也不行？」

「不行。」

「太媽寶了吧？」

「連你也笑我？」

「別吵了。」盧巧惟搖搖頭，嘆道：「話說回來，品泓你真的很不夠意思，你想要得到你爸的認可，跟我們說一聲就好。還有那個林意晉也真是夠無聊，拿小被被來取笑你，我覺得很不應該。」

「對不起啦！請原諒我。」我說。

「我原諒你。笑你是媽寶，我也跟你道歉。」呂佑軒歪著頭問：「不過，露營能讓你爸肯定你嗎？」

「不只是露營，還有登山、野炊，我要征服這座山，證明我的能耐。」我挺起胸膛。

「好，我挺你！」盧巧惟說。

「我也是。」呂佑軒也說。

我們三人相視而笑，鐵三角終於又恢復了凝聚力和戰鬥力。

幾公尺外，帳棚傳來拉開拉鍊的聲音，呂佑軒頭也不回便說：

「太陽都曬屁股了，真正的媽寶終於起床啦。」

第五章　惹到蜜蜂

「沒有彈簧床墊，睡得我腰酸背痛。」林意晉張開雙臂，伸了個大大的懶腰，邊打呵欠邊問：「早餐吃什麼？」

「我幫你留了一份三明治。」盧巧惟把炒蛋土司拿給他，調侃道：「看哪，蜜蜂都起得比你早。」

幾隻勤勞的小蜜蜂嗡嗡飛舞，尋找起新鮮的花蜜。

「又不用上學，早起幹嘛？」他說。

「喂，你沒帶睡袋，大家都把睡袋攤開來分你當被子，你還好意思抱怨睡不好？」呂佑軒哼了哼。

林意晉沒理他，兀自大口咀嚼三明治，接著，像個難搞的美食評論家一樣挑剔起來：「這蛋有點冷，而且不夠鹹。」

「沒有人可以批評我煮的菜，你這個被寵壞的大少爺……」呂佑軒氣得抓住平底鍋。

要不是我和盧巧惟一人一邊抓住他的手，他很可能拿起鍋子敲林意晉的頭。

「林意晉，從現在開始，如果你還要挑三撿四，我保證你餐餐沒的吃。請立刻向大廚道謝。」盧巧惟威脅。

「好啦，謝謝。」嘴裡塞滿東西的林意晉含糊回答，「不過今天也該往回走了吧？我好想念我家的沙發。」

「我們要繼續向前。」我說。

「什麼？」林意晉瞥向盧巧惟，納悶地問：「瘦皮猴把你們拐上山，你們還願意和他把行程走完？」

「是啊。」盧巧惟、呂佑軒不約而同回答。

「目的地是哪裡？」他問。

「神木爺爺。」我回答。

林意晉停止咀嚼的動作，瞪大了眼睛，遲遲說不出話。

神木爺爺是我們對山頂上一棵神木等級五葉松的暱稱，它的樹齡有兩千多年，生長於懸崖邊險峻的巨岩之上。神木爺爺有近三十公尺高，枝葉繁茂，軀幹彎曲，如巨人的觀賞盆栽般富有意境。

幾乎每一位登山客都是衝著神木爺爺才慕名而來，神木爺爺矗立於群山之巔，又具有長壽的象徵意義，站在它身旁，能擁抱綿延不絕的山巒美景。

爸爸曾經帶我上去過一次，但也就那麼一次。如果走一般的登山路線，馬不停蹄地推進，大概要花費十個小時。考量到好友們的體力，我選擇在溪谷紮營睡一個晚上，第二天抵達神木然後折返，晚上回到營地，第三天早上拔營下山。

一般巡山員也是如此規劃行程，爸爸說過，在高山上，從出發點到目的地之間並非直線路徑，而是高高低低的山脊與鞍部，有時還會碰上崖壁，巡山員必須視情況決定高繞或者下切，排除困難完成任務。

我規劃好路線了，也沒有意願放棄。

「宋品泓，你想去看神木爺爺？」林意晉猛搖頭，驚叫道：「你知道那裡有多高嗎？我們不可能辦得到。」

「可以。」我篤定地說：「你也可以折返，沒有人強迫。」

林意晉不甘示弱，他把煎蛋土司貼在臉頰上，用噁心的語調大喊：「你以為自己很厲害？你睡覺還要抱小被被耶。噢，瑪那我愛你！」

他的舉動瞬間點燃我的怒火。

呂佑軒的反應比我更快，他一把搶下林意晉的土司，三兩口便塞進自己嘴裡，「不許你侮辱我的朋友……和廚藝！」

早餐沒了，林意晉瞠目結舌望著空蕩蕩的手心。盧巧惟放聲大笑。

儘管呂佑軒幫我出了口氣，我還是覺得難受，彷如一把利刃插進胸口。我一個箭步衝向帳棚，把「瑪那」從背包裡拉出來，丟在營帳外的草堆上。

「無所謂，我再也不需要小被被了。」

「品泓，你不要上當。」盧巧惟走向我，半途忽然停下腳步，狐疑問道：「咦，誰受傷了？」

順著她手指的方向望去，草地上竟出現一道斷斷續續的鮮紅血跡，有如命案現場。

呂佑軒伸手摸臉，接著檢查自己的四肢，鬆了口氣說：「不是我，一兩肉都沒有少。」

循著血跡移動，我在地上發現一隻吸飽了血、圓滾滾的水蛭，

「兇手在這裡，有人被咬了。」

水蛭就是螞蟥，一種吸血維生的無脊椎動物，喜歡潮溼陰暗的生長環境。昨天晚上我忘了在帳棚四周灑一點馬告的葉子，爸爸教過我，馬告味道辛辣，可以驅趕水蛭。

林意晉捲起褲管，隨即發出慘叫：

「腿上還有一隻！我死定了、我死定了……」

我們快步走向他，冷靜地對他說：

「放輕鬆，不要亂動。」

葉片：互生、線狀披針形，全緣，長6-12公分

花形：花黃或淡黃色，繖狀花序，雌雄異株

花期：2-4月

高度：小喬木

「快點幫我拿掉。」林意晉尖叫。

「要怎麼把牠弄下來？用火燒？灑鹽巴？聽說不能硬拔，否則水蛭的口器會留在皮膚裡面。」盧巧惟說。

「在台灣，會吸人血的水蛭都屬於無吻類群，牠們靠吸盤裡的『顎』切出傷口，不像國外的某些品種有『吻部』。」我以平穩的音調告訴林意晉，「你別動，我用指甲慢慢把牠推開。」

「怕的話就咬樹枝。」盧巧惟撿起滅跡用的枯枝，塞進林意晉手裡。

呂佑軒嘖嘖兩聲，幸災樂禍地端詳起他紅通通的小腿，以及那隻自以為在吃到飽餐廳的水蛭。

我的食指緩緩刮過林意晉的小腿肚，順勢除去水蛭黏在他皮膚上的吸盤，「好囉。」

話才說完，林意晉就高舉著樹枝，渾身顫抖地繞著圈子跑來跑去，口裡還不停大喊：「媽呀，好噁心啊！」

我們面面相覷，只能任由林意晉崩潰地鬼吼鬼叫，踱著步伐衝進樹林，猶如一隻發瘋的大象。

「小心不要打到蜜蜂。」盧巧惟朝他消失的方向喊道。

我也跟著大聲叮嚀：「如果有蜜蜂在臉附近亂飛，就是在警告你已經進入牠們的領域了，最好快點離開。」

其實，「不招惹蜂類，牠就不會主動攻擊你」是錯誤觀念，蜂類不喜歡人類進入牠們的認知領域。不過，我萬萬沒想到盧巧惟料事如神。

當林意晉的身影出現在營地邊緣，還拚命揮舞樹枝並高喊：「救命啊！」的時候，一切都來不及了。

他身後至少跟了十幾隻來勢洶洶的蜜蜂，我猜他再度發揮激怒別人的實力，不小心攻擊了某一隻，而且這隻蜜蜂八成人緣很好。

「快逃！」我大吼著抓起背包，在眼尾餘光瞥見瑪那的同時，毫不猶豫地把它從地上抓起來。

「往哪逃？跳到溪裡？」呂佑軒急忙問我。

「不行！蜜蜂會在水面上等，反正跑就對了。」我嚷道。

盧巧惟聞言拔腿就跑，跟在她後面的呂佑軒除了背包，還一把抄起鍋子扛在肩上。等到林意晉也跟上來，我邊跑邊用力揮舞「瑪那」，干擾蜜蜂對氣流的判斷，卻不敢打死蜜蜂，被拍爛的屍體會釋放化學氣味，吸引更多牠的家人朋友。

嗡嗡聲忽遠忽近，可怕的蜂群化身為轟炸機大軍，我們跑得飛快，在稀疏的林地裡逃竄，撥開枝椏、踩過草叢、躍過石塊，像後面有鬼在追似的，一路橫衝直撞。

快逃啊，我的心臟彷彿要鑽出喉頭，喘息也吵得嚇人，一心只想遠離蜂群的警戒範圍。大約是五百公尺，蜜蜂就會放棄攻擊收兵回營，我們也就得救了！

也許是平日就訓練有方，我猜激增的腎上腺素也幫了不少忙，幾分鐘後，耳邊再也聽不見蜜蜂的怒吼，但我還是多跑了十幾公尺，才有勇氣逐漸放慢腳步。

「好了，可以了！」我大聲吶喊，要前面的人停下來。

終於脫困了，一、二、三、四，總共四個人，一個也沒有少。

我們扶著膝蓋，上氣不接下氣地大口呼吸著。

我注意到呂佑軒把鍋子倒扣在頭上，雙手握著鍋耳，一副躲避空襲警報的拙樣。

「命重要，還是鍋子重要？」我笑了出來。

「這是大廚的堅持。」呂佑軒氣喘吁吁地回答。

「品泓，你的小被被……」盧巧惟望著我懷裡的藍色浴巾。

我低頭一看，原來，瑪那在方才的逃亡中被樹枝勾破了好幾個洞，還沾上塵土和髒汙，傾刻間變成破破爛爛的抹布。

心疼的感覺襲來，我咬著嘴唇，隱藏自己的情緒。

「都你啦，帶我們到那麼危險的地方紮營。」林意晉指著我的鼻子大罵。

「還敢說，要不是你在那邊蹦蹦跳跳騷擾蜜蜂，我們又怎麼會被追？」呂佑軒擋在我前面。

「確實是你不聽勸告，才害慘了大家。」盧巧惟出聲責備。

眼看三個對一個，林意晉自知理虧，只好雙手抱胸轉過身去，背對著我們生悶氣。

「大家都還好嗎？有沒有被蜜蜂螫？」我問。

呂佑軒和盧巧惟紛紛搖頭。

「我……好像被咬了幾口。」林意晉回過頭來，拉高袖子，讓我細看他的手臂。

「手腕上有兩個紅色丘疹，是蜜蜂螫傷沒錯。」我說。

「幫我跟我媽說對不起，我不能孝順她了……」林意晉腿一軟，像是快要暈倒的樣子。

「你不會死啦。」盧巧惟賞了他一計白眼。

「被蜜蜂叮到，傷口會有燒灼和刺痛感，還有可能出現頭痛、嘔吐或痙攣等症狀，倘若是過敏體質，甚至有死亡的風險。你現在感覺怎麼樣？」我問。

「輕飄飄的，腦袋有點空。」林意晉眨眨眼睛。

「那不是跟平常一樣嗎？」呂佑軒奸笑。

「品泓，是不是要有人尿在林意晉的傷口上？」盧巧惟附在我耳邊問。

「對，蜂毒是酸性的，所以要用鹼性的『氨』去中和，尿液裡面就有『氨』。還要拔掉蜂刺，避免注入更多毒液，一方面也去除蜜蜂留下的費洛蒙，才不會吸引其他蜜蜂。」我解釋。

由於手邊沒有夾子或鑷子，我們拿呂佑軒背包裡的水果刀，費了好一番功夫，才以刀背刮除螫針。

等到要進行第二個步驟時，盧巧惟自動避開幾步，還說：「我是女生，你們男生自己解決。」

我和呂佑軒對望一眼，他說：「那只能猜拳定勝負了。」

我點頭，「好，一把喔，剪刀石頭布……可惡！」

林意晉驚慌失措地瞪著我們，「拜託不要尿在我手上。」

「我們是為你好。」呂佑軒神情堅定地握住他的胳膊，不讓他動來動去。

「脫褲子貢獻童子尿的人是我，我比你更犧牲好嗎？」我沒好氣地說，隨即褪下褲頭，感覺屁股涼涼的。

危機解除以後，大家都鬆懈下來，唯獨林意晉仍然滿臉不高興。

「我們回營地吧。」呂佑軒說。

「我贊成，問題是，這裡是哪裡呢？」盧巧惟環顧四周，困惑地問。

第六章　荒野迷途

慘了，迷路了。

我們置身於一處陌生的樹林，被無患子、九節木、鹿子百合以及華八仙包圍，樹木長得猖狂茂盛，放眼望去沒有路，也沒有人跡。

「我們怎麼會走到這兒？誰帶的路？」我皺起眉頭東張西望。

無患子

葉片：互生、卵狀披針形、偶數羽狀複葉，長7-15公分

花形：圓錐花序

花期：6-8月

高度：中喬木

「是盧巧惟！」林意晉憤慨地瞇起眼睛。

「我也不知道該往哪裡啊，誰管得了那麼多？」盧巧惟反駁。

「先是宋品泓把我們拐到山上，然後呂佑軒把樹枝放在鍋子旁邊，接著盧巧惟把樹枝交到我手上，所以我才會打到蜜蜂。你們要負全責，尤其是瘦皮猴……我想回家啦。」林意晉以哭腔喊著。

「吵死了，嘴巴放乾淨一點，還要靠品泓帶我們下山耶！」呂佑軒斥責。

九節木

葉片：對生、長橢圓，長10-20公分
花形：淺綠色或綠白色、雌雄異株，圓錐狀聚繖花序
花期：5-6月
高度：灌木一小喬木

「我媽說，推卸責任是不成熟的行為。」盧巧惟睨了林意晉一眼。

我摟緊了懷裡的浴巾，尋求一絲安全感，熟悉的氣味混合著幾許森林的氣息撲鼻而至，兩個深呼吸後，我試著讓自己冷靜下來。

我來回踱步，不停想著：如果是身為巡山員的爸爸迷途，他會怎麼做？

爸爸的低沉的嗓音彷彿在我耳畔響起，提醒我山難求救的順序。首先，必須觀察周遭環境，體能允許的話就沿著原路

鹿子百合

葉片：互生，長6-20公分

花形：花頂生或側生，花折彎向下開放，上部白色，下部被深紅色斑點

花期：7-10月

高度：草本

往回走。如果沒有把握找回原路，則盡量往稜線走，一來是手機訊號清楚，二來是比較容易被救援直升機看到。

若是體力耗盡的情況下，則待在原地進行求援。除了撥打緊急聯絡電話通報，還可以在空曠處升起狼煙，或是鋪上鋁箔睡墊或有高度色差的衣物，作為引導標誌。

最重要的是，必須把握「333原則」，也就是失溫不能超過三小時、缺水不能超過三天、缺乏糧食不能超過三週，否則將

華八仙

葉片：對生，長7-12公分
花形：2型花。可孕花小、黃綠色；花萼瓣化的不孕花為白色
花期：1-6月
高度：灌木

有生命危險。

林意晉止住哭聲，他一邊摸索牛仔褲的口袋，一邊吸著鼻涕說：「我要打電話求救。是撥110，還是119？」

「都不是，是112。」盧巧惟垂下肩。

「慢著，先別急著報案。」我搶先一步說道：「要是被大人知道我們偷溜上山，一定會遭受處罰，而且……我肯定會被我媽禁足一輩子，以後只能在家門口搭帳棚，這輩子也休想成為巡山員了。」

呂佑軒滿臉同情地瞅著我，再抬頭環顧四周，從他皺起的五官，還有捏緊背包背帶的泛白手指，不難看出他的內心陷入天人交戰。

「我不管，我要回家。」林意晉掏出手機。

「拜託啦……」

「啊，怎麼沒訊號？」

我鬆了口氣，在山谷或樹林內，通常手機訊號都不太好。

「瘦皮猴，你說怎麼辦？我可不想變成失蹤人口。」林意晉朝我投以責怪眼神。

「品泓一定能帶我們回營地，對不對？」盧巧惟充滿希望的問。

儘管不太有把握，我還是裝出信心十足的模樣，回答：「我爸教過我怎麼判斷足跡，大家來找找剛剛踩過的地方。」

「可是每個方向看起來都一樣啊。」林意晉說。

「跟我走。」我挺起胸膛。

於是，一群人不知所措地跟在我身後，跟著我一路低頭尋找扁塌的草叢和折斷的樹枝，以極其緩慢的速度推進。

尋找路跡比想像中棘手許多，很難分辨垂頭喪氣的野草究竟是被踩了一腳，還是缺乏雨水的滋潤。尤其垂掛在灌木叢裡的斷枝，經過我再三比對與仔細研究，還是猜不出它斷裂的原因是不是人為因素。

搞了半天，我們還在原地兜圈子，我的自信心也快速流失。

「只好採取第二種選擇了。」我嘆了口氣。

「是什麼？」呂佑軒問。

「我們往高處走，在稜線上樹比較少，容易求救。」我悶悶不樂地回答。

雖然心裡百般不情願，也不想那麼快就放棄，更擔心真像爸爸所說，我是不懂事的孩子在鬧脾氣。但我總不能拿朋友的安危來當賭注，在山上迷途，這可是攸關性命的大事。

「先清點裝備，我的背包裡有睡袋和水壺，還有頭燈、濾水器、瑞士刀、指北針、繩索這類工具，可是沒有吃的。」我拉開背包，把瑪那塞進去。

「我身上還有水、一小包米，一點油和調味料。可惜煮早餐那時，把食材拿出來整理，忘記放回包包。噢！對了，我也有睡袋。」呂佑軒說。

「我只有醫藥包，水壺放在營地，睡袋也來不及整理。」盧巧惟苦惱地說。

「我只有手機。」兩手空空的林意晉搔頭。

我想了想，告訴大家：「現在，最重要的就是食物、飲水和保暖。我們有兩件睡袋，雖然少了帳棚，但夏天的晚上還不算太冷，只要我們靠在一起相互取暖，應該不成問題。至於水和吃的，都必須經過計算和分配，每個人盡量攝取最低熱量，讓我們都可以撐得久一點。」

說這些話的時候，我深刻地感受到一股沉甸甸的壓力堆積在肩頭，把我整個人都壓得矮了幾公分。

「我也能摘一些野菜，別忘了還有鍋子，和一流的大廚。」呂佑軒敲了敲仍套在腦袋上的不鏽鋼鍋。

「謝謝。」我感激地對好友說。

接著，我從背包挖出爸爸的砍刀，取下刀鞘，準備在野地裡為大家闢出一條登上稜線的路。

「等等，我反對往上走！」林意晉擋在我們面前，大聲說：「我們應該聽溪流的聲音在哪裡，然後往河邊走，說不定就能走回溪邊的營地。而且昨天瘦皮猴不是說，最好盡量靠近水源，有水喝才不會脫水嗎？接近水源，我們也才能煮飯啊。」

「好像也有道理？」呂佑軒望著我。

「不對，在山上迷路，絕對不能下切到溪谷，台灣的溪谷通常地形危險，水流也湍急，下去就上不來了。再說，溪邊的樹林比較茂密，水流還會掩蓋救難人員的呼喊聲，所以我不打算帶大家往水邊走。」我以不容質疑的語氣道。

呂佑軒歪著頭，嘴巴微微張開，彷彿拿不定主意要相信誰。

盧巧惟靈機一動，道：「品泓說得對，我覺得，就算我們走到河邊，也搞不清楚原本的營地在上游還是下游，亂走很可能永遠也找不到。」

林意晉被她的一席話堵得啞口無言，只好勉為其難接受我的說法。

我拉長了脖子仰望高處，我的策略是，掌握住大方向，盡量找好走的路，隨後立刻啟程。

真不曉得我們剛剛是怎麼跑到這裡來的，這片樹林有些地方草高及膝，有些地方全是糾結的灌木叢，根本寸步難行。途中我們還遭遇一處接近六七十度的陡坡，不僅地貌高低落差很大，而且遍佈鋒利的石頭，只好臨時轉向，走S型避開陡坡，再對照指北針，重新校正方位。

太陽高掛的正午，我們以蘇打餅乾和開水墊肚子，大家當然都沒吃飽，可是眼前面臨比飢餓更艱難的困境，所以當林意晉開口抱怨，其他人馬上叫他閉嘴，目前可不是起內鬨的好時機。

我們一連步行了好幾個小時，到了下午，我懷疑自己的腳起水泡了，有點痛痛的，步履也變得緩慢。

昨天晚上嫌麻煩，大家都沒有洗澡，今天報應來了，我一直聞到流汗的酸臭味和頭皮散發的油臭味。我的衣服黏在皮膚上，好比融化的起司緊緊裹住餡料，讓我又悶又癢，無比難受，對於偷懶沒洗澡更是後悔莫及。

加油啊！我在腦中對自己信心喊話，真正的巡山員可不會輕易被擊垮，他們擁有過人的體力與耐力，還具備驚人的意志力，必須跋山涉水，紮營野炊，途經崩壁、絕崖、稜脊、祕徑，白天擔心路況、晚上憂慮蟲蛇，是名符其實的英雄。

我也想當英雄，和爸爸一樣有骨氣，不向大自然低頭。

「啊！」林意晉的慘叫嚇了我一跳。

我驀地停下腳步，回頭。

「蛇……媽呀！」林意晉慌亂地倒退，撞到身後的盧巧惟。

「噢。」盧巧惟摀著額頭喊疼。

只見光裸的岩石旁，一條身上有深棕色三角形花紋的蛇扭著身子迅速溜走，轉眼間消失於石縫之中。

「百步蛇而已，不要動不動就叫你媽好不好？」呂佑軒厭煩地叨唸。

「百步蛇有毒欸，你不怕？」林意晉瞪眼。

「有什麼好怕？我爸都拿來泡藥酒，我家有好幾缸。」呂佑軒說。

「其實蛇比人還膽小，我們怕牠，牠更怕我們，不要太緊張。而且原住民相信百步蛇是山神的化身，說不定遇見牠是個好兆頭。」我表示。

百步蛇雖然是台灣六大毒蛇之一，卻性格穩重且相當愛惜毒液，不會輕易發動攻擊，畢竟少了毒液，就等於被瓦解了保護自己的武力。牠們多半棲息於石縫或樹葉堆裡，以類似的背景形成保護色，隱藏自己的行蹤。這也是為什麼我在帶隊前行時，必須先以砍刀打草驚蛇，把牠們給趕跑。

爸爸說過，蛇類遭受驚嚇或威脅，會本能做出虛張聲勢的防禦姿態，人類只要安靜離開即可，不需要刻意驅離或捕捉牠，更不用打死牠。在絕大多數情況下，蛇其實會自行離開。

「對呀，自從我家的餐廳改成百步蛇菱紋圖案的裝潢，客人都以為我們是道地的原住民餐廳，生意反而變得更好了。」呂佑軒笑著說。

林意晉的表情明白寫著他仍然不放心，對我們口徑一致的說詞抱持懷疑。

我們重新上路以後，他還在嘀咕：「你說得倒輕鬆，要是偏偏遇到一條心情不好的蛇，看呂胖子肉很多，偷咬他一口，我們又迷路了，那不是完蛋了嗎？」

「用嘴巴把蛇毒吸出來啊，電視都這樣演。」呂佑軒邊走邊說。

「不是啦，口吸蛇毒是錯誤的觀念，很可能讓第二個人也被感染。萬一真的不小心被蛇咬，必須先保持冷靜，記住蛇的特徵，讓傷口低於心臟，你們留下來等待，我爬到有收訊的地方求救，儘快送被蛇咬傷的人去醫院掛急診注射血清。」我說。

「無論怎麼想，都覺得太沒有保障了，要是我爸在這裡，一定會訓你們一頓，叫你們好好學學風險管理。」林意晉猛搖頭，又拋出其他問題：「如果待會兒遇到黑熊怎麼辦？」

「很簡單哪，碰到黑熊要往斜坡下跑，因為黑熊前腳短，下坡沒那麼靈活。千萬不能往上坡跑或是上樹，更不能跳進水中，黑熊比人類更會爬樹也更會游泳。」我回答。

「況且這裡海拔那麼低，才沒有黑熊。」盧巧惟嗤之以鼻：「沒有知識也要有常識。」

「那，要是遇到魔神仔怎麼辦？」林意晉神情倨傲地說。

我們全都靜默了，他在山裡高談闊論魔神仔，就好比農曆七月的晚上吹口哨，是小學生彼此之間心照不宣的禁忌。

台灣的鄉野傳說中，有一種名為「魔神仔」的存在，據傳是出沒於山林的精怪，會幻化為人類，誘導受害者於荒野迷途。

住在山上那麼久了，我是沒有親眼看過，但爸爸是巡山員，我自然而然會注意相關新聞報導。曾經有登山客和老年人走失，後來在山裡被發現，嘴裡還塞滿了泥土、樹葉和昆蟲，卻聲稱有人請他們吃東西。這類軼聞總是讓我不寒而慄。

「說不定，魔神仔盯上我們了！」林意晉瞪大眼睛，眼底浮現恐懼的陰影，分不清他是在嚇別人還是嚇自己。

盧巧惟緊抿嘴唇，面容蒼白得好似老師剛發下的圖畫紙。

呂佑軒不滿地訓斥他：「喂，不要隨便嚇人。」

「我只是指出各種可能性好嗎，新聞不是報導過，老人家清晨出門散步就不見了？」林意晉提高音量，愈講愈大聲：「然後他的家人去地藏庵拜拜，請求神明指示，地藏王菩薩說老人在溪邊，所以消防隊就開始溯溪搜救。最後過了二十個小時，老人居然自己出現在消防隊的集合地點，還說有人『帶他去山上走走』，那不是魔神仔是什麼？你們沒聽過身穿黃色雨衣，故意給登山客指出錯誤方向的『玉山小飛俠』嗎？」

「關於那件事，我爸告訴過我，在民國七〇年代，排雲山莊請來一位法師，替一幅觀音畫像點睛開光，過程都很順利，但是下山的時候法師突然想要尿尿，要兩位陪同的林務局人員先走，後來他們等不到法師又回頭找，才發現穿黃色雨衣的法師已經跌到懸崖下死掉了。」我說。

「好倒楣……」

我接著說：「還有更衰的，後來東埔山莊的莊主就根據這件事情編造出『黃色小飛俠』的鬼故事，想要和登山客開開玩笑，謠言慢慢散播開來，演變為現在的『玉山小飛俠』。反正哪，傳說都是人捏造的啦！」

語畢，四周忽然變得異常寂靜。

沒有人敢再亂說話。

這種感覺很難形容，不是那種令人安心的寧靜，而是一種詭異的靜謐，彷彿按下了凝結時空的開關。剎那間鳥不飛，蟲不鳴，樹梢處沒有風，我們像是被關進了一個與世隔絕的透明玻璃瓶裡。

我們像一群被猛獸環伺的小動物，緩步靠近彼此，盧巧惟似乎在發抖，牙齒發出喀喀、喀喀打顫的聲音。

這時，呂佑軒輕拍我的手臂，他點點下巴，面色沉重地凝視樹林彼端。

「看到了嗎？」他以氣音問。

「什麼？」我也悄聲說。

「那個。」他偏著頭，以目光提示我。

我微微側身，與他並肩而立，視線在林間搜索，當目光越過茂盛藤蔓的那一刻，我的雙眼停下了。

那塊斑駁石碑被藏匿在綠葉下，被遺忘在荒煙蔓草中。長方形的輪廓，立刻讓我聯想起某種我絕對不想在迷路時遇見的東西。

「墳墓？」

「嗯。」

「先不要跟巧惟他們講。」

「嗯。」

一片烏雲拖曳著裙襬來到我們上空，遮蔽了陽光，光線彷彿被抽離，林間頓時變得黯淡。

第七章　老舊礦坑

「要不要過去看看？」

「好啊，你去。」

「說不定……不是『那個』？」

「就是！」

每個人都注意到石碑了，耐不住好奇心，我們決定派人前去察看，又經歷了一陣你推我擠，我被推舉為代表。我鼓起勇氣來到石碑前方，拎起其中一條藤蔓，把石碑給看個仔細。

與其說那是墓碑，不如說是塊凹凸不平的古樸石板，似乎是打磨技術還不太好的年代製作而成，邊緣隨石材的質地而呈現自然龜裂，碑文也在歲月的侵蝕下難以辨認。

應該是墓碑沒錯，年代難以判別，只知道疏於打理，草都快長得比人高。

「會不會……我們正踩在一片古墓上方？」盧巧惟驚恐地問。

「應該不是，別想太多。」我毫無把握的聲音出賣了我。

「沒有人在附近亂尿尿吧？我聽說要是尿在墳墓上，鬼就會來找你算帳！」林意晉再次示範了他有多擅長惹人生氣。

「烏鴉嘴！」呂佑軒啐道。

當林意晉提及「鬼」這個字眼時，不祥的預感自我心底油然而生。說時遲那時快，方才那種時空暫停的古怪感覺一下子被揭開。

現在我們可以聽見聲音，森林裡狂風大作，從四面八方颳來陰寒，樹叢劇烈搖晃，好似妖魔張牙舞爪，令呼嘯而過的風聲更宛如鬼魂低語呢喃。

我跑向其他人，我們依偎著彼此，像一群驚慌失措的小兔子。

盧巧惟用力摀著嘴巴，彷彿隨時會控制不住尖叫。呂佑軒嚇得說不出話，我擔心他暈倒，我可扛不動他。林意晉最有可能丟下我們跑掉，所以我也怕他跟大家走散。

是我提議要上山冒險，我得對他們負責，這些人，我一個也不能搞丟。

我壯著膽子，在心裡默念：「不好意思，打擾了！我們是住在附近的小學生，趁著暑假到這裡爬山露營。沒有不敬的意思，如果吵到您還請多多包涵！對了，我們不小心迷路了，能不能拜託您給我一點指引呢？」

風勢在轉眼間稍稍減弱，老天爺的怒氣似是平息了幾分。此刻，墓碑看起來也沒那麼可怕了。

陰森的氣氛慢慢退開，我像是找回遺失的東西般，撿回了我的理智。我四下張望，意識到天空變得晦暗，雲霧遮蔽了視線，空氣中的濕度讓遠方看起來模糊不清。

「糟糕，要下雨了。」我說。

「傻眼欸，你們出門前沒看氣象預報嗎？」林意晉問。

「我以為巧惟會看。」呂佑軒嘟噥。

「我以為品泓會看？」盧巧惟望向我。

「抱歉，我忘了。」我抓抓頭。

傷腦筋，我怎麼會忽略這麼重要的準備工作呢？

深呼吸、深呼吸，我告訴自己，目前最重要的任務是找個避雨的地方，「333原則」的第一點是防止體溫喪失。

登山的時候，若是感受到寒冷，皮膚有麻木感，或連續動作不太協調，就有可能是輕度的失溫情況。當進展到中度失溫，會出現思考混亂和大動作失調的狀況，例如常常跌倒或走不動。若是邁向重度失溫，則會四肢僵硬、呼吸不規則或顫抖、昏迷，最後心跳終止。

簡而言之，只要失溫三小時就會喪失性命。

這樣下去不行，我們雖然都穿著防風防水外套，但是少了帳棚，總不能站在大雨中連續好幾個小時，那可是會生病的。

「你們等我一下，我爬到樹上去看看哪裡可以躲雨。」

我選中一棵山毛櫸，開始手腳並用，抱著樹幹、踏著枝椏往上爬。爬樹對我來說是家常便飯，我的綽號「瘦皮猴」，源自和猴子一樣靈活的好身手，能在樹上來去自如。

爸說，巡山員的工作包括採種育苗，厲害的巡山員有辦法爬到三十公尺高的母

山毛櫸

葉片：互生、橢圓形或卵形，長3-7公分

花形：雌雄同株，雄花序下垂，呈葇荑花序狀

花期：4-5月

高度：大喬木

樹上。三十公尺相當於十層樓高，他們會使用打鐵店訂製的ㄇ形釘，以釘子釘出踏腳處，一步步爬上樹，下樹時再一路拔除，我爸的同事楊叔叔就是傳說中的爬樹高手。

「品泓快下來，下毛毛雨了，如果打雷，很有可能被電擊呢！」樹下傳來巧惟著急的喊聲。

「來囉。」我三兩下便滑下樹，向大家報告我的勘查結果：「其實我們已經在樹林邊緣，前面那邊有一塊大岩石，底下應該可以躲一躲。」

我們即刻動身，幸好學校教過「洋蔥式穿法」，我們也把握此原則，澈底融入日常生活。洋蔥式穿法的底層衣物是貼身的排汗衫，中間層則是棉質、羊毛或科技材質的保暖層，最外面再罩上防風防雨的外層，就足以抵擋普通的風雨，穿脫也非常方便，隨時能夠增減衣物。

十分鐘後，我們抵達目標的大岩石，一個驚喜和一個困境同時在前方等著我們。

驚喜在於大岩石上方的山壁，竟藏了一個隱密的山洞洞口，遠遠的還以為是雜亂的草叢，一定要走近才會發現。困境則是想要進入洞穴躲雨，必須先攀上高度有一層樓、傾斜度大約七十度的巨岩。

「太棒了，就像天然的帳棚，可以好好休息一下。」呂佑軒樂觀地說。

「等等，裡面會不會有野獸？老虎？豹？」林意晉是懷疑論者。

「這裡是台灣，山上哪來的老虎和豹？你也有點常識好嗎？」

盧巧惟最務實，她說：「我看，頂多就是山豬吧？」

「山豬……」林意晉的表情似是聯想起銳利的獠牙。

「我先進去檢查。」我走上前。

巨岩本身凹凸不平，宛如天然的攀岩場，岩壁上的某些地方長滿了風藤。風藤是一種木質的藤本植物，擁有厚實的卵形葉片，生命力強韌，常繞著樹幹往上長。年老的風藤即便已經攀登至樹幹頂端，還會往其他分支繼續伸展。

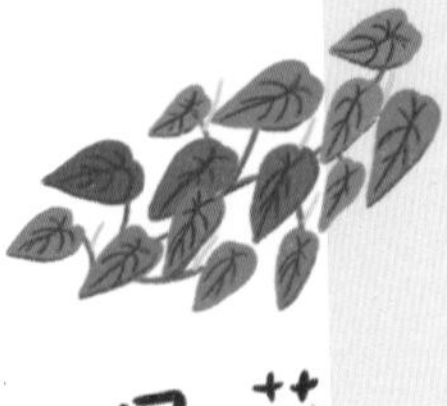

風藤

葉片：互生，全緣，長6-12公分

花形：雌雄花序均直立

花期：4-5月

高度：木質藤本

我拉扯其中一段枝葉，確認風藤夠牢靠，可以當作繩索，攀著它往上爬，我覺得自己可以信任它。攀爬過程非常順利，要不是毛毛雨讓岩壁變得濕滑，我還能夠爬得更快。

兩分鐘後我抵達岩石頂端，接著從背包取出手電筒，怯生生地步入充滿未知的山洞。一進洞口，我馬上感覺到氣溫比外面低了好幾度，一股潮溼且冰冷的氣息包圍著我。

我慢慢移動手電筒的光，洞裡很黑，而且靜悄悄的，萬籟俱寂之間只聽得見滴答、滴答的水滴聲，還有我自己的腳步聲。我往裡面走了幾公尺，突然驚覺這並不是一個天然洞穴。

我立刻拔腿往回衝。

「山洞是一個廢棄礦坑，沒有危險，你們可以爬上來。」我趴在岩石邊朝大家揮手，嗓音掩不住亢奮，「快！抓著藤蔓往上爬。」

「那藤蔓牢不牢靠啊？我比你重欸！」呂佑軒以懷疑目光打量風藤。

「安啦。」我瞥向幽暗的天空，嚷道：「雨勢變大了，動作要快。」

「知道了啦。」盧巧惟推推呂佑軒。

一層樓說高不高、說矮不矮，當然，比起巡山員爬母樹採種的高度，有多達十倍差距。可是我們不是在公園的攀爬架，而是荒郊野外裡，雖說在野外求生課受過攀登和垂降訓練，然而森林裡可沒有安全裝置和護網，所以大家還是怕怕的。

看著朋友們咬牙反抗地心引力，雙眼死盯著前方，沒敢回頭往下看，努力避免踩空，我心中也塞滿了恐懼。

「來吧！」我伸出手。

呂佑軒、盧巧惟依循我的足跡，拽著風藤向上攀爬，到了只差一步的距離，再由我把他們給拉上來。

最後一個是林意晉，他顯然很不喜歡攀岩的點子，咬牙切齒的模樣像是要找我吵架。忽然，他的腳滑了一下。

我的身體反應比思考更為敏捷，在一個心跳的瞬間，我握住他的手，幫他穩住了重心。林意晉嚥了嚥口水，與我四目交接，飄忽的目光也找到了著力點。

他成功上來以後，唇色依舊蒼白，「唉，衣服弄得好髒，要被媽媽罵了。」

「我現在很願意回家讓媽媽罵。」盧巧惟洩氣地說。

「別灰心，我們一定會找到回家的路。」我安慰他們。

大夥兒才剛鑽進礦坑，外面就下起了傾盆大雨。所幸我們找到這個坑洞，要是還在樹林裡找路，恐怕不淋濕也難。

我們把備用衣物都穿到身上禦寒，林意晉拿出所剩無幾的零食和大家分享，我們沉默地啃著巧克力。瑞士進口的巧克力應該要很好吃吧？可是含在嘴裡怎麼味如嚼蠟？

待在礦坑的期間，我無法不去想假使求救成功，搜索隊找到了我們，我將會面臨什麼樣的責罰？

猶記得某個與爸媽共進晚餐的時刻，電視新聞正好播報了一則關於登山客沒有申請入山證，後來體力不支，結果請直升機入山搜救的消息。

爸爸和媽媽針對山難搜救問題熱烈討論起來，爸爸說，直升機出去一趟，油錢至少四十萬起跳，而且直升機還必須克服地形和天氣問題，像是峽谷可能會有風切，狂風曾害直升機去撞山或撞樹，駕駛員也跟著犧牲，所以那些自己沒有準備好就去登山，卻得讓一大群人幫忙他下山的登山客，是不負責任的行為，根本是濫用山難搜救系統。

現在想想，那不就是在說我嗎？我好羞愧、好掙扎。

我媽自有另外一套看法，她認為，每個生命都值得被重視，無論如何，拯救人命都是理所當然的。至於是非對錯，可以等到平安歸來以後，大家再做討論。

當時我比較贊同爸爸的說法，現在自己成為需要救援的人，則沒那麼確定了。

我一天的零用錢是十塊，一個月頂多才三百一十塊，要存多久才能還清直升機的四十萬呢？說不定林意晉能幫忙出一點？

不行，我不能對迷途、大雨和這座山低頭，大家都指望我，即使祕密行動出現變數，我也要以巡山員永不妥協的精神，奮戰到最後一刻。

咚！

「什麼聲音？」盧巧惟瞪大雙眼。

我將手電筒光源四處掃射，在礦坑更深處照到了一坨黑漆漆的東西，是一隻動物，有薄如紙張的黑色雙翼，和一個類似老鼠的頭

——一隻小蝙蝠。

「蝙蝠欸。」林意晉嘴裡咕噥著：「我去東南亞旅遊吃過水果蝙蝠湯，說到這個，我又有點餓了。」

「這世上有那麼多好吃的東西，幹嘛吃蝙蝠？再餓我都不吃，太噁了。」呂佑軒扯扯嘴角。

「牠怎麼不飛走呢？」盧巧惟雙手環抱膝蓋，偏著頭問。

小蝙蝠用牠連接翅膀的爪子在地上爬行，爬得非常吃力，牠努力爬了幾步，但進展實在有限。於是，牠開始發出尖銳的哭喊。小蝙蝠的哭聲悽厲刺耳，好比有人拿湯匙颳過黑板，我們只好以手掌摀住耳朵。

「我知道了，那是蝙蝠寶寶，牠還不會飛。」盧巧惟宣布她的觀察心得。

「要救牠嗎？也許可以分牠一點食物？」呂佑軒問。

「吃什麼？蟲子？水果？」林意晉問。

「蝙蝠寶寶連爬都不太會，說不定還沒長牙。而且蝙蝠是哺乳類，所以小寶寶應該是喝奶吧？」盧巧惟說。

「啊，要是這邊有收訊，我就可以上網查關於蝙蝠的資料了。」林意晉把玩著他的手機。

就在大家七嘴八舌討論起蝙蝠吃什麼的時候，另一隻更大的蝙蝠現身了。

大蝙蝠晃眼而過，盤旋兩圈後降落在小蝙蝠的身邊。只見大蝙蝠好似在關心小蝙蝠的傷勢，幫牠檢查了好一陣子，直到確認了、滿意了，就把小蝙蝠扣在胸前。

「是蝙蝠媽媽！」

蝙蝠寶寶緊緊抱住蝙蝠媽媽，蝙蝠媽媽則張開翅膀，揚起了一陣風，母子倆翩然離去。

「原來，蝙蝠寶寶需要的不是食物，是媽媽啊。」呂佑軒說。

「是啊，每個人都需要媽媽。」盧巧惟喃喃自語。

莫名的傷感襲來，讓我沮喪不已。

蝙蝠寶寶就是我們，雖然不願意承認自己還沒長大，還需要依賴父母親，但事實似乎就是如此。

這種分裂的感覺讓我好難受，好像一半的自己渴望獨立，另一半的自己希望受到保護，一個人要被扯成兩半似的。

第八章　野地求生

兩三個小時後雨停了，大雨洗滌過的森林，聞起來格外清新。這場雷陣雨讓大地化身為泥土、落葉和雨水交織而成的濕滑地毯，路不好走，繼續前行的危險性也跟著提高了，怕是有人會滑倒受傷。

與其以緩慢的速度往前走，不知道下一個可供休息的地方在哪裡，最後在野地中以天空為被、以大地為床，還得煩惱夜裡被野生動物偷襲，不如先待在礦坑反而安全，也不用擔心著涼感冒。

所以，我決定暫時以礦坑為根據地，在附近採集可食用野菜，無論如何，至少要先把肚子填飽，才有力氣尋找下山的路，或是想辦法求救、等待救兵抵達。

一聽到要做晚飯，又有表現的機會了，呂佑軒舉雙手贊成。盧巧惟說她沒有意見，她一直都很好相處，老師也常誇她善解人意。而平常意見最多、老愛為反對而反對的林意晉壓根不理人，只是握著手機不停瞄準每個方向，試圖找到訊號，看來也是走累了吧。

「大家分頭進行，佑軒和巧惟去摘野菜，意晉去撿木頭，我去找水，準備生火煮飯。」我拿出領袖風範，指揮大家做事。

「為什麼是瘦皮猴分配工作？」林意晉終於放下手機。原來他不是沒意見，只是心不在焉。

「因為品泓是小隊長啊。」盧巧惟拿著手電筒往坑道深處照來照去，檢查夜宿礦坑的安全性。

「可是我比較想摘菜。」林意晉說。

「我是大廚，我不想要你當我的二廚。」呂佑軒回答。

「哼，誰稀罕。」林意晉走向洞口，道：「可是剛下完雨，樹枝都淋濕了耶。」

「對欸，進礦坑前，忘記先收集柴火了。」我瞥向掛在枝頭的露珠，懊惱地拍了額頭一下。

「各位！坑道裡面有東西。」盧巧惟突然大喊，等我們湊過去，她將手電筒指向礦坑更裡面的地方。

灰黑的坑洞往遠方無限延伸，頂端是拱型的，散發濕氣的洞壁凹凸不平，就像一鋤一鋤鑿出來的，細看之下還會發現岩石的質地節理分明。

「我剛剛只是覺得晚上要睡這裡有點可怕，所以想檢查看看礦坑內還有沒有蝙蝠，卻發現牆邊有一堆東西。」盧巧惟說。

大概距離五公尺遠的地方，堆著一團形狀難以辨認的物品，我拉著呂佑軒壯膽，靠近了幾步，然後撿起一顆石頭，試探性地拋過去。

丟中了，但是那東西沒有反應，我猜不是活的。

我再次跨出步伐接近，還聽見林意晉在我背後悄聲嘀咕：「會不會是屍體？」我不吭聲，全身肌肉緊繃，隨時準備落跑，等到只剩下一公尺的距離，手電筒的光源聚焦，清楚映照出眼前的物品時，原本糾結的心頓時鬆懈而開。

「嚇死人，原來是鍋子和碗，還以為是什麼怪物咧。」我吁了口氣，

「還有睡袋！這裡怎麼會有這些？」呂佑軒看起來很樂。

「八成是某個登山客留下來的吧。」我說。

「或是神明送給我們的禮物，暗中幫助我們。」呂佑軒提起鍋子翻看。

「對啦對啦，這世界上還有聖誕老人和牙仙子哩！」林意晉語帶譏諷地說，「底下還有別的報紙。咦，那是什麼？」

我戳戳他指的金屬工具，回答：「鏈鋸。」

「報紙上面都是灰塵，字跡很模糊。」盧巧惟蹲下來，拿起其中一張抖了抖，「而且寫的是外國字。」

「剛好可以拿來生火。」呂佑軒露出中獎一般的笑容。

「聽說有些登山客會在山屋裡留下乾糧，幫助陌生人。我猜之前也有別人在礦坑裡過夜。」盧巧惟說。

「不管是誰留下的，我們都要感謝他們。」我說。

有了煮飯和過夜的工具，接下來就是尋找食物和水了。

我叮嚀大家小心草叢裡的咬人貓，咬人貓別稱「蕁麻」，常生長於陰暗潮溼

葉片：對生，卵形或闊卵形，長6-12公分
花形：花腋生、淡綠色澤、穗狀花序
花期：6-8月
高度：草本

的樹林裡，偽裝成平凡的野草。爸爸被咬人貓整過好幾次，被咬人貓身上的「焮毛」注入「蟻酸」，皮膚發炎了好幾天，他說只要不小心觸碰到葉片，就會產生觸電一般的刺痛，非常難以忍受。

我帶著林意晉，小心翼翼跨過幾株紫背草，它也是可以食用的植物。我們的森林小學有一項固定傳統，就是以花草入菜的流水席「花草節」，每年都會舉辦一次。過去我們班曾經用卡式爐熬煮茶湯麵線，也曾經以茶葉燉雞蛋，放在裁成適當

紫背草

葉片：互生
花形：頭狀花序
花期：四季開花
高度：一年生草本

大小的芭蕉葉上，再摘來大菁、紫花酢醬草和假吐金菊，在出菜前進行最後的盤飾，因此，野菜對我們而言並不陌生。

流水席上，我們吃過苦茶油麵線、茶香麵疙瘩、魚腥草包肉、悶芋莖、香椿煎餅與雞屎藤蒸蛋，還有香蕉葉包飯、茶葉蛋、魚腥草雞湯和大菁雞湯，飯後再來杯蜜香珍珠紅茶，搭配蜜漬小番茄或是梅子茶凍。老師說，「花草節」的目的不僅是飽餐一頓，還要實際將老祖先的智慧應用在生活中，是切切實實的「綠活」。

倘若缺乏煮食器具，我爸也教過我如何用鋸子砍下孟宗竹，留下兩邊竹節的可以水平剖開，就變成了小鍋子；留單邊竹節的可以垂直使用，放入米、水和菜，開口綁好錫箔紙以後放在火堆裡燒，製作為香噴噴的竹筒飯。

想到那些佳餚，我都快流口水了，可惜我們手邊什麼食材也沒有，沒有肉、蛋和水果，只能找些野菜煮成雜菜粥，這念頭讓我感到寂寞，也有點想家。

大人是否發現我們失蹤了呢？他們猜得到我們在山上嗎？還是以為我們去河邊玩水了呢？也許他們會調閱監視錄影機？或是從我們留下的字條中找出蛛絲馬跡？

「要去哪裡找水啊？」林意晉茫然問道。

我強打起精神，豎起耳朵仔細聽，沒有聽見水流聲。這表示礦坑周圍並沒有山澗或瀑布，看來，只好把希望寄託在其他方法了。

「很多植物體內都有水份，像仙人掌、香蕉樹、竹子、腎蕨、鴨掌海棠還有水藤。麻竹、桂竹和孟宗竹那類粗大的竹類，竹筒裡都含有水，也可以在樺樹的樹幹上鑽洞，然後用瓶子接。不過要特別注意的是，樹汁如果是白色乳汁，通常都表示有毒。」我說。

「不是廢話嗎？你把野外求收守則的課文背出來幹嘛？我還知道砂土過濾法、虹吸法和煮沸法哩！問題是這邊沒有竹子，也沒有野芭蕉樹啊。」林意晉垮著臉說。

「也對。」我搔搔頭，絞盡腦汁思考對策，「不然我們用毛巾收集露水？」

「太慢了，等毛巾吸飽了水，我也渴死了。」林意晉嘆了口氣，「真煩，難道我們走投無路了，淪落到要喝尿？」

地面上，有個澡盆大小的泥巴水坑，深度大概是一個手掌，裡面蓄積著混濁的咖啡色泥濘水，水面上還漂浮著灰塵、落葉和小蟲子。一個靈感浮現腦海。

「找到了，這不就是水嗎？」我得意洋洋地說。

「不是吧……」林意晉一臉噁心。

我沒空幫他調適心情，自顧自地把背包中的過濾器拿出來，放進水坑，瞬間攪亂了水面原有的平靜，使水質看起來更髒更可怕了。

「那根本是化糞池！那種水能喝？」他說。

我看著泥水的顏色慢慢變淡，褪為麥茶一般的茶色。

「好多細菌啊……」他又說。

我把水壺灌滿，「可以了。」

林意晉捏著鼻子貼近水壺，抱怨道：「有尿騷味。」

「很正常，可能有水鹿在裡面洗泥巴浴，或者上廁所呀。」我淡定地說。

有水喝就不錯了，我們哪還有挑剔的本錢呢？

我把淺褐色的水倒進鍋子裡，以報紙為燃料，開始生火煮水，又撿了幾個看起來比較乾淨的石塊，打算等等烤熱了，丟進鍋子裡幫助沸騰。

沒過多久，呂佑軒和盧巧惟兩人都捧著一大束野菜回來，有昭和草、龍葵、過溝菜蕨、咸豐草和假人參。

當我和盧巧惟清洗野菜、摘取嫩葉的同時，呂佑軒動手洗米煮米，林意晉則顧好爐火，等到白粥差不多了，原本堅硬的米飯變得軟潤蓬鬆，我們再把野菜丟到鍋裡去。

呂佑軒手持筷子攪拌了幾下，他歪著頭，雙頰被火光映照得紅通通，表情有些遲疑。

「聞起來怪怪的，嗯，我不知道欸……可能不會太好吃。」他皺起鼻頭嗅了嗅，「太多種味道不同的菜混在一起，所以有點奇怪，要是有肉提味就好了。」

「沒關係，有的吃就好。」我咕噥。

雜菜粥煮好了，我們一人分到一碗。

好吧，我錯了，雜菜粥可真難吃。雖然看起來有點像媽媽煮的小白菜吻仔魚稀飯，米粒也煮得剛剛好，還有一絲一絲的菜葉，但味道完全不同。「肚子餓了什麼都好吃」這句話到底是誰說的？

我們愁眉苦臉地吞下雜菜粥，不好意思埋怨大廚，所以沒有人多說話。不過，吃完熱騰騰的粥以後，體力恢復了，我確實有精神為之一振的感受。

飯後我走出礦坑透透氣，我自己帶來的手機還是沒有收訊，更慘的是，電力只剩下百分之三十了。我非常節省著用電，卻忘了多帶快速充電器，想來真是失策。萬一等我們走到收訊良好的稜線上，手機卻在關鍵時刻沒電了，我真的會想狠狠痛罵自己一頓。

我在礦坑口徘徊，遠眺西下的夕陽躲在濃密的雲層和樹冠之後，將傍晚的天色染成整片橘紅，森林彷彿也著了火。

唉，儘管我故作鎮定，還不時給自己加油打氣，心裡其實擔心得不得了。要是我沒有能力帶領大家下山呢？要是真如林意晉所說，我的英雄主義是害慘大家的罪魁禍首，該怎麼辦？

不知不覺中，我踱著步子來到一處灌木叢，接著注意到樹下的屍體。

「媽呀！」我整個人跳了起來。

聽見我驚呼的其他人，也跟著從礦坑內跑出來。

「瘦皮猴，鬼叫什麼？」林意晉劈頭問道。

「有一隻死掉的……山豬？」我定睛一看。

山豬沒錯，牠的毛皮是淺棕色，背上有黑色條紋，鬃毛粗粗硬硬，四肢短短的，大小和一隻中型犬差不多，應該還未成年。

山豬已經沒氣了，不確定死了多久，但是身體還算完好，沒有發臭長蛆。我猜死因應該是被陷阱困住，因為牠的一隻腳被金屬獸夾卡住了，其他部位沒有外傷。

「看樣子是小山豬寶寶，我家餐廳有山豬肉這道菜。」呂佑軒說。

「你該不會想吃牠吧？」林意晉不敢置信地說：「我只吃超市賣的那種看不出形狀的肉，這隻山豬有臉耶，牠在看你耶，怎麼吃得下去？」

「你們還想繼續吃雜菜粥嗎？」呂佑軒反問。

「不想。」我和盧巧惟搖頭。

盧巧惟問：「可是，你知道怎麼處理整隻豬嗎？」

「為了我的朋友們，可以試看看。」呂佑軒咬牙道。

「不過很奇怪耶，小山豬通常會跟在母豬旁邊，怎麼會走丟了呢？」我禁不住納悶。

「跟你一樣，不聽話亂跑呀。」林意晉說。

「你才跟豬一樣。」呂佑軒回嘴。

我們圍在小山豬旁，你一言我一語，注意力全都放在山豬身上，以致於對背後逐漸逼近的人影渾然不覺。

第九章　奇怪的叔叔

「山豬肉很好吃喔。」那個人大聲說道。

我們在尖聲怪叫中擠成一團，譜出了一首五音不全的大合唱。

「嚇死我了。」盧巧惟輕拍胸口。

那個人擁有原住民的長相，膚色黝黑，輪廓很深，濃眉大眼的臉龐正低下頭俯視我們。

「有大人！」林意晉高興地搖著我的肩說：「得救啦。」

「真是謝天謝地。」呂佑軒雙手合十。

「叔叔，你是登山客嗎？可以帶我們下山嗎？」盧巧惟問。

原住民大叔雙手抱胸，搖搖頭回答：「下山？我不下山。」

「什麼？」林意晉傻住。

「你住在哪裡？」盧巧惟又問。

「這裡。」他指指腳下。

「我懂了，你一直都在山上生活對嗎？」盧巧惟轉向我們，解釋道：「礦坑裡的睡袋和鍋子都是他的啦。」

大叔沒有回答，反而蹲了下來，動手開始拆除獸夾。

「你們很幸運，碰到的是被獸夾抓住的山豬，不是跑來跑去的山豬。公山豬可以長到兩百公斤，母山豬小一點，但是遇到母豬和遇到公豬一樣危險，公豬有獠牙，母豬則會拚了命保護小山豬。所以，在山上碰到小豬，不要高興得太早，附近很可能有一隻氣沖沖的母豬……」大叔說。

「請問這是你設的陷阱嗎？」我問。

「不是，獸夾不屬於傳統打獵方式。這種獸夾很不好，雖然捉得到山豬和山羌，但是力氣大一點的，像是黑熊，就可能害黑熊掙脫的時候斷手斷腳。」大叔說。

「對，我聽說獸夾是巡山員的大敵，之前曾經有巡山員誤觸大腿被刺傷。另外，山難搜救犬的領犬員也會考量到狗狗的安危，不敢放狗搜索，導致影響山難救援。」我說。

「你跟巡山員很熟喔？」大叔問。

「我爸是巡山員。」我回答。

「嗯。」他點點頭，「我們傳統獵人比較常做頭套啦，放在樹旁邊，大概到腰的高度。動物套到頭以後，愈往前走就愈緊，然後就走不動了。」

「我聽我爸說過，那個叫做『吊子』。原來我們不小心走進原住民的獵場了嗎？」我問。

「你們幾個小孩子在這裡幹嘛？」大叔問。

「我們迷路了。」林意晉搶著答。

「原來如此，這樣好了，你們今天晚上和我一起過夜，明天等太陽升起來，我再跟你們說怎麼下山。」大叔說。

「太好了！謝謝叔叔。」呂佑軒綻放笑容。

「叫我『卜幸』就好。」他成功解開獸夾。

「卜幸叔叔，你……打算吃牠嗎？」林意晉皺著臉問。

「當然，牠都死了，我們不該浪費老天爺賜與的食物。難道你們不吃牛肉、豬肉和雞肉？不管是動物還是植物，都是生命的一種型態。有生就有死，生死是生命的必然。」卜幸平靜地回答。

他不知道從哪裡變出好幾把刀子，發給我們一人一把，要我們幫忙分割豬肉。

「我不會用刀。」盧巧惟面有難色。

「我不敢碰生肉。」林意晉用刀尖戳戳山豬皮。

「想吃烤肉，就自己動手。」卜幸說。

想到烤肉串，就讓我口水直流。經過難吃的野菜粥以後，沒有人願意放過吃肉的機會，所以只好硬著頭皮聽從卜幸的指揮。

媽媽不讓我動菜刀，這是我第一次親自切肉，山豬肉滿Q彈的，有點像布丁，卜幸的刀子磨得非常銳利，所以刀鋒一劃過就割開了。

「我們老獵人是很講究禮儀的，抓到的獵物會分成上、中、下部，每個部分每個人都會分到一些，不像現在的年輕人沒有禮貌，喜歡你就給你大腿，不喜歡你給你脊椎……」卜幸一邊教我們怎麼分肉，一邊說起原住民獵人的習俗。

林意晉眼珠子轉了轉，悄聲問我：「叫卜幸的那傢伙，會不會是變態殺人魔啊？」

「什麼？」

「你不覺得奇怪嗎？一個人獨自在山上生活，正常嗎？說不定他是電影裡面演得連環殺手，因為跑路才躲到山上。」林意晉做出發抖的動作，「小心喔，他可能會把我們當小山豬，一個一個養胖了吃掉！」

「你的想像力也太豐富了吧？」

我們把把肉塊切割成長條狀，裝在鍋子裡，然後用呂佑軒的調味料先醃一下，最後串在樹枝上烤。

我們圍坐在火堆旁，卜幸親自示範，教我們怎麼樣翻轉烤肉，才能烤得熟又均勻。

只要想起馬上有肉吃，不必再吞雜菜粥，而且明天他就會告訴我們下山的路，我的心情就雀躍許多。

「對了，你們幾個，怎麼會跑來這裡玩？還玩到迷路？」卜幸問。

「還不就瘦皮猴說，討厭被當成小孩子，要證明自己長大了，有能力在山上探險、過夜。結果他睡覺還需要小被被耶！」林意晉高聲說道。

我的臉頰一陣燥熱，頭也低得抬不起來，都快要碰到膝蓋了。

「他根本就和那個菟絲一樣，非常依賴！」林意晉諷刺地說。

「亂講，多虧品泓，我們才能找到礦坑，也才會遇見卜幸叔叔。品泓像那個什麼來著……風藤一樣，很可靠！」呂佑軒回嘴。

「菟絲！」

「風藤！」

「菟絲！」

「風藤！」

「都不要吵了。」卜幸大吼一聲，皺起眉頭摀耳朵。

呂佑軒和林意晉訕訕地閉上了嘴。

「其實不光是品泓啦，我和佑軒也想要暫時逃離家裡，所以才答應和他一起來登山。」盧巧惟柔聲解釋，又瞅了林意晉一眼，「至於他，純粹就是跟屁蟲。」

卜幸點點頭，從口袋裡抓出一把松針，丟進燃燒的火焰裡。火勢轟的一聲變得旺盛起來，烤肉的香味撲鼻而至。

「那是什麼？」呂佑軒好奇地問。

「二葉松的松針富含油脂，是很好的燃燒材料。」卜幸把滋滋作響的烤肉翻面，「原來你們想長大、變得獨立啊，說說看，怎樣才叫作獨立呢？」

「不被當小孩子看，不必什麼都得過問父母。」我說。

「愛買什麼就買什麼，自由運用零用錢，不需要跟媽媽報備。」林意晉說。

「能安排自己的日程表，還要有隱私。」盧巧惟說。

「別問我，我還想要跟林意晉一樣，當個有人伺候的大少爺呢。」呂佑軒說。

卜幸把熱騰騰的肉串遞給我們一人一支，烤肉的魅力太難抗拒，我一拿到肉串立刻狼吞虎嚥，嘴唇被燙到好幾次，就連盧巧惟也不計形象地大口咬著滴油的肉塊。

「聽起來，你們認為獨立就是不要被管，能夠自己作主；不要人家幫忙，通通自己來？」卜幸的灼灼目光彷彿穿透我的內心。

「對。」我們異口同聲回答。

「其實你們很接近答案了。」卜幸瞇起眼睛笑了笑，眼角浮現魚尾紋。

「什麼意思？」我抹抹嘴邊的油。

突然，遠方傳來一陣嬰兒啼哭，那哭聲讓人不寒而慄。

「是什麼聲音？」盧巧惟問。

「灰頭鷦鶯，叫聲像小嬰兒在哭對吧。」卜幸笑咪咪地告訴我們：「下大雨了沒關係，吃山豬肉沒關係，長大了還捨不得小被被也沒關係，重要的是過程。」

「我聽不懂。」我老實招認。

「沒關係，等到有一天你們想通了，就表示長大了。」卜幸說。

第十章 神木爺爺

「不見了！那傢伙不見了！」

一大早，林意晉就像一台蒸汽火車，在礦坑內橫衝直撞、大吵大鬧。

「人家還要睡欸。」呂佑軒不耐煩地咕噥。

我揉著惺忪睡眼，坐起身子問：「誰不見了？」

「卜幸啊。」林意晉蹲在我面前，口水噴到我臉上，「早上我被鳥叫聲吵醒，就爬起來尿尿，回來的時候數了數，發現只有我們四個，卜幸不見了。」

我瞬間清醒過來：「他不是答應幫我們指路？該不會反悔吧？」

「卜幸有留字條。」盧巧惟從洞口往內呼喚。

我立刻起床，和林意晉一同上前，檢查那張所謂的字條。

只見卜幸用燃燒過的樹枝當成碳筆，在舊報紙上寫了幾個歪歪斜斜的大字：「往北走。」

「往北？什麼意思嘛？」林意晉不悅地說：「怎麼能把小孩子丟在山裡？」

「起碼他還講義氣，鍋子裡留了好多肉乾給我們。」呂佑軒沒有跟過來，反而在熄滅的火堆旁掀鍋蓋。

我東張西望，四處都不見卜幸的人影，看來他真的離開了。林意晉似乎很氣他，說我不失望，那也是騙人的，但至少，卜幸信守承諾，告訴了我們回家的方向，還準備食物給我們吃。

「既然卜幸走了，我們也沒有理由繼續待在這裡，趕快吃飽了好上路吧。」盧巧惟催促。

我們配著礦泉水嚥下肉乾，每人分到一大塊。卜幸的肉乾雖然乾澀難嚼，依舊比砸菜粥可口許多，而且蛋白質比較容易有飽足感，可以讓大家墊肚子。

之後，我們把剩下的肉乾打包帶走，然後翻出指北針。

盧巧惟偷偷問我，是否真打算聽從卜幸的指示往北？我沒有頭緒，也無法確定方向是否正確，決定沿途做記號，這樣一來萬一需要回頭，也還找得到礦坑。

爸爸教過我巡山員做記號的方式，巡山員為了幫走在隊伍後方的隊友們認路，通常每隔一段距離，就拿砍刀在途經的樹幹上削去一片樹皮。假使回程打算走同樣的路線，就在樹幹的兩面各削一個記號，方便大家辨別。

另外，也可以用折樹枝取代削樹皮，尤其在轉彎的地方，巡山員會把細枝折去一半，讓枝椏自然垂落，指出行進的方向，好像一枚箭頭一樣。

除了留記號，觀察地貌和找路也是爸爸傳授給我的一門功夫，他說樹大表示草少、好走，龐大的樹冠遮蔽了陽光，底下的蔓草自然難以生存，所以最好選擇樹木密集的地方。

再者，是不要挑戰陡坡和危險地帶，盡量以S型的路線繞行。在山裡受傷是大麻煩，還會拖累整支隊伍。因此，若是遠遠看去，山坡上只有生長芒草，則千萬不能往那邊走，那可能是無法植生的崩塌地或峭壁。

爸爸的砍刀還在我身上，留記號不是問題，可惜我左看右看，想要往北，就必須經過一整片比人還高的五節芒，否則得繞過整座山，天黑都到不了稜線。

考量到眾人的體力和過夜等事宜，沒有更好的方案，只能硬著頭皮上了。

五節芒開花初期是紫紅色的圓錐花序，成熟後則轉變為黃褐色的羽毛狀花穗，遠看好似一片稻浪，許多遊客喜歡和芒花一起照相。但是，你絕對不會想要走到整片五節芒裡面，由於五節芒最高能長到四公尺，走在裡頭就像闖入玉米田，根本分不清東西南北。

另外一個我不喜歡接近五節芒的原因是容易滑倒，尤其乾掉的芒草堆，讓人摸不清草堆底下有什麼，也不曉得乾掉的芒草是單一層還是複數層，如果超過一層，就有可能在踩踏的時候失去平衡。

「盡量跟著我的踏點，慢慢走。」我高聲提醒其他人。

我踩著倒下的草莖前進，反覆試探下一個落腳點，每一步都用力把半垮的草稈壓得更密實，讓跟在我後面的人輕鬆一點。

「芒草真討厭。」林意晉抱怨。

「以巡山員的林班地分類來說，這邊低海拔，還算是最好走的甲級區域呢。」我說。

「那最難走的是哪一級？」盧巧惟問。

「丙級，丙級就是真正的深山，連登山步道都沒有的那種。」我回答。

五節芒草叢後面緊跟著的是灌木叢，我們在金縷梅、月橘、馬醉木、桃金孃之間行進，腳邊則是火炭草和野棉花等草本植物，偶爾點綴著幾株姑婆芋。各式各樣帶刺的懸鉤子植物纏在灌木叢低處，逼得我們放慢腳步，才不會被勾到而跌倒。

才剛啟程不過一個小時，我就汗流浹背、氣喘吁吁。往北的坡段實在不好走，

五節芒

葉片：互生長披針型，長50-120公分

花形：初期為淡黃色、成熟時呈黃褐色，圓錐花序

花期：6-8月

高度：草本

我忍不住質疑卜幸，更懷疑自己的判斷力，怎麼會隨隨便便接受陌生人下的命令呢？

第二個小時，我們進入另一片常綠闊葉林，步履趨於輕快。我們在濃密的樹蔭下行進，由於難以接觸陽光，低矮的灌木和草本植物長不起來，地勢也不再崎嶇，膝蓋承受的壓力告訴我，我們正在爬坡往高處走。

「好累。」

「加油，再撐一下。」

灌木叢

沒有單一明顯主幹的木本植物，泛指很多種類的木本植物。

我們停下來喝水兩次，上廁所一次，三個小時稍縱即逝。又走了一段路，我鑽出林地，撥開擋住視線的樹叢，意外發現我們已重新回到人工維護的登山步道上。而且，我們所在的位置，正好能俯視山谷，擁抱綿延不絕的山巒美景。

「我們找到路了。」林意晉訝異地說。

「卜幸果然沒有亂報路。」呂佑軒眉開眼笑。

「只要循著步道，就可以走下山了。」盧巧惟衝著我咧嘴笑道。

我也對她報以微笑，連日來累積的壓力一掃而空，此刻，終於可以把砍刀和指北針收起來，好好欣賞風景了。

豔陽跨越東方的天際線，於台灣欒樹的樹頂撒落成片金光，茄苳在風中抖動枝椏，篩落了閃爍光澤的點點金箔。還有五葉松，眼前這棵五葉松有近三十公尺高，它彎曲的枝幹盤據在險峻的岩石上，彷彿從水墨畫裡一躍而出。

咦？五葉松？

「你們看！是神木爺爺！」我驚訝地合不攏嘴。

沒想到誤打誤撞，我們還是找到了樹齡超過兩千年的神木爺爺。感動盈滿心頭，我衝上去擁抱那棵了不起的大樹，撫摸它樹幹上龜甲狀的裂紋，神木爺爺是如此雄偉，要我們幾個張開雙臂合抱，才能把它給圍起來。

神木爺爺兀自聳立於群山之巔，站在它身邊，我發覺自己好渺小也好可笑，我怎麼會想要征服這座山呢？

大自然是人類可以打敗的嗎？神木爺爺兩千多歲了，山更是矗立了幾萬年，我就像樹根旁的五葉松小苗一樣脆弱，需要大樹的庇蔭，還一度心心念念想要贏過大自然。

我們心自問，能活到現在，其實都是這座山的幫忙。

野菜餵飽我們的肚子，雨水讓我們不致於渴死，礦坑為我們遮風避雨，給我們過夜的地方，還有用來生火取暖和煮食的樹枝，也是這座山不求回報地供應我們。

我和真正的巡山員根本差得遠了，能力遠遠不及他們的一半，要是沒有卜幸叔

台灣五葉松

葉片：針形，5根一束

花形：雌雄同株；雄花簇生，長於枝頂

花期：3-4月

高度：大喬木

叔出手相救，我和朋友們的遭遇將會如何，我連想都不敢想……。

「品泓，你辦到了，你成功證明自己的能耐。」盧巧惟衷心為我高興。她的反應只讓我更是歉疚不已。

「不對，我差點害死大家。」我頹然垂下肩，「我承認我是小孩，是菟絲子，是小山豬和小蝙蝠。」

「你幹嘛這樣啦？」呂佑軒拍拍我的頭。

「好幾次我都想把瑪那丟掉，可是我辦不到。」我低語。

「你還沒放下小被被的事情喔？」盧巧惟無奈地瞪了林意晉一眼：「他跟你開玩笑的啦。」

林意晉居然保持沉默，放棄嘲諷我的大好機會。

「你怎麼不說『看吧，早就跟你說過』？」我納悶。

「瘦皮猴，你不要這樣，很不像你耶……」他說。

氣氛被我弄得很尷尬，於是我說：「算了，回家吧。」

這時，林間隱約傳出一陣噪音，雖然遙遠，卻相當刺耳，一陣一陣刮過我們的耳膜。

噠噠噠噠噠噠噠——

由於那噪音太不尋常，連住在山上的我們都感到奇怪，一時之間大夥兒面面相覷。

「是什麼？」呂佑軒轉頭。

「要不要去看看？」我問。

「嗯。」他們說。

我們往發出噪音的方向走去，想要找到來源，必須鑽進一片林地，遠離主要的登山步道。雖說再次偏離路線有些冒險，但第六感不停驅使我找出答案。

是什麼呢？隨著距離縮短，聲響愈來愈清晰，聽起來有點像工地在蓋房子，也像學校的園丁伯伯在修樹枝，還隱約飄散著一股醇厚的木頭香氣。

一兩百公尺後，我們進入稀疏的林地，接著，走在最前方的我便暴露在一群凶神惡煞面前。

我倏地停下腳步，大腦暗叫不妙，心臟也砰砰狂跳。

他們一共有三個人，都是成年男性，不像台灣人，五官和膚色帶有東南亞血統的感覺。依據我的目測，他們不超過三十歲，比我爸爸年輕一點，很像火車站附近常看到的國際移工。

那三名國際移工一個蓄著八字鬍，一個綁馬尾，還有一個把頭髮染成金毛，造型品味讓人不敢恭維。

小鬍子手持一把鏟子，正在挖一棵蒼翠碧綠的七里香，他從七里香的根部著手，沿著圓周向下鑿，試圖挖出帶土的根部。

馬尾哥則拿著鏈鋸，把我們吸引過來的噠噠聲就是鏈鋸發出的聲音。馬尾哥想要鋸斷七里香附近的其他樹枝，好在不破壞七里香樹形的情況下，順利將它運走。

如果我猜得沒錯，他們就是俗稱「山老鼠」的盜伐者，專門偷盜山上的貴重木，賣給像是藝品店或家具工廠那種地方，做違法卻一本萬利的生意。

負責把風的金毛一看到我，馬上對其他人大喊我聽不懂的話，緊接著小鬍子和馬尾哥停下動作。

林意晉、盧巧惟和呂佑軒擠到我身後，他們全都愣住了，也大概知道那幾個傢伙是壞人，只是不曉得該如何反應。

「嗨，哈囉！」我裝出天真無辜的笑容，和他們揮揮手。

這一招也是跟我爸學的，爸說，巡山員沒有抓山老鼠的公權力，只能透過例行

葉片：葉互生，奇數羽狀複葉，卵至倒卵形

花形：繖房花序、白色

花期：3-5月或9-11月

高度：灌木─小喬木

性的巡邏或貴重木清查的深山特遣任務，稽查可疑人士和行徑，然後和森林警察合作，人贓俱獲後再將山老鼠移送法辦。

由於山老鼠很可能吸食毒品，變得瘋瘋癲顛，身上還會攜帶槍械，而巡山員的標準配備只有電擊棒、防狼噴霧器以及砍刀，光是在武力上就輸了一大截，遑論和可以豁出性命的吸毒犯正面對決。

因此，巡山員若是和山老鼠狹路相逢，不會拿相機出來拍，也不會拿手機出來通報，以免打草驚蛇，弄不好還會引爆正面衝突。為了將山老鼠一網打盡，他們採取的策略是佯裝成遊客。

「你們好啊，」我更用力揮手，揮得興高采烈，「外國朋友，你們也來山上玩嗎？」

「品泓，你在幹嘛？」盧巧惟輕扯我的袖子。

我甩開巧惟的手，繼續對他們喊話：「要不要和我們一起野餐？前面那邊風景很好喔。不要嗎？那等你們餓了，再過來找我們好了，都說了台灣最美的風景是人嘛。」

金毛、小鬍子和馬尾哥竊竊私語了幾句，外國話我全都聽不懂，接著，他們臉上帶著不懷好意的冷笑，朝我們步步逼近而來。

眼看大事不妙，山老鼠沒有上當，我連忙對朋友們狂吼：「快跑！」

我們轉身拔腿就跑，呂佑軒沿來時原路沒命似地狂奔，後面跟著盧巧惟。才跑了十幾公尺，林意晉居然被藤蔓絆倒，眨眼間被我超越，整個人抱著膝蓋摔到在地上。我迅速煞住腳步。

「品泓？」盧巧惟回頭，緊張地大叫。

不管。

山老鼠腳程好快，已經要追上來了，可是我又不能扔下林意晉

「你們先走！」我對巧惟狂吼：「去求救！」

接下來，就看我和金毛他們，誰先趕到林意晉身邊了。

第十一章 對抗山老鼠大作戰

「放開我啦。」林意晉破口大罵。

我們兩個被金毛逮到了，他用打包帶還是什麼的繩子把我們的手綁在背後，我和林意晉共用一條，兩人並肩坐在樹下，好似串在繩子上的肉粽。我們的隨身物品被他們扔到遠處的一塊石頭旁，包括我的背包，還有林意晉的手機。

馬尾哥還在挖樹，小鬍子則繼續去追盧巧惟和呂佑軒，但願他們不會落入壞人手中。

「我爸一定會來找你算帳。」林意晉再喊。

「閉嘴，死小孩。」金毛呸了一口口水，舉起鏟子，以不甚輪轉的中文恐嚇：「小心我宰了你們。」

「算了啦，等我們拿到樹，就把這兩個小朋友放了。我們是來偷樹，不是來殺人。」馬尾哥比較有人性，中文也說得比較流利。

「不能放走，死小孩會報警。」金毛說。

「等警察來，我們早就下山，他們腿那麼短。」馬尾哥不在意地說。

「對對對，我們腿短，走得很慢，拜託放我們離開。」林意晉低聲下氣地求饒。

我狐疑地瞥了林意晉一眼，他剛剛還兇巴巴的，怎麼不消片刻，又改用起哀兵政策？難道是在演戲？目的是降低山老鼠的警覺性？

「不信的話，你們可以打開我朋友的背包，他裡面還裝了小被被耶！」林意晉哭喪著臉說。

這一招果然奏效，金毛經他一提醒，果然去翻我的背包，還把我的瑪那拉出來丟在地上。

「都是臭口水味。」金毛皺起鼻子。

「亂講，明明就很香。」我氣不過，大聲回嘴。

林意晉則像不懂事的小孩，一邊踢腳一邊喊：「我們想回家，我們想媽媽！」

「閉嘴啦！」金毛又罵：「裡面怎麼還有刀？」

糟糕，他找到我爸的砍刀了。

「剛好用來宰你們這些臭小孩。」金毛拔刀出鞘，刀子揮了過來，銀光一閃，我們頭頂的枝葉立刻被斬斷，金毛洋洋得意，「再吵，你們就會跟樹葉一樣。」

樹葉、枝椏紛紛落在我們頭上，我們只好乖乖安靜下來。

「你刀子怎麼放裡面？」林意晉滿臉不高興，以氣音問我。

「我哪知道你會叫他去翻？」我也以氣音回他。

金毛放下砍刀，再度拾起鏈鋸，和馬尾哥一起挖那棵七里香。不難理解為何山老鼠相中它，那七里香的樹形很特殊，彷如武道家在比劃功夫，姿態兼具蒼勁和柔美的氣勢。

見山老鼠暫時不打算理會我們，我的雙眼四處游移，尋找逃生的機會。

樹林裡，山老鼠的工具散落一地，三個背架堆放在一起，其中兩個裝滿鋸切成四方體的角材與殘材，香氣十分濃重，我猜大概是紅檜或肖楠之類的貴重木。

背架旁則是罐頭垃圾、汽油機油和用過的塑膠袋與睡袋，其中一個鍋子看起來有點眼熟。爸爸告訴過我，山老鼠常採取分批作業的方式，先有人上山勘查、物色想偷的樹，然後把工具藏在樹林裡，再由外籍移工負責後半段的工作。

我忽然想起盧巧惟媽媽所說，看到可疑人士在附近活動，肯定就是山老鼠的先遣部隊。

「是卜幸的鍋子！」林意晉瞪大眼睛嚷道：「都是卜幸害的

啦，幹嘛叫我們往北走，結果遇到山老鼠，上當了，說不定卜幸也是其中一隻。」

「我不信，我覺得卜幸是好人，他救了我們一命。不過，我也懷疑礦坑裡的東西是山老鼠留下的。」我說。

「就算原本得救了，現在也是死路一條。」

「你是不是想說，都是我害的？」

「才不是，我只是不懂，你幹嘛回頭等我？真是笨欸，你應該去求救才對。」

我嚴肅地告訴他：「我帶你上山，就有責任帶你下山。」

「嗯……」

「死小孩，不要聊天！」金毛咆哮。

「那我不跟他聊天，我跟你們聊天。」林意晉又換上嬉皮笑臉的表情，問：「你們為什麼要偷樹？」

「可以賺很多錢呀。」馬尾哥邊挖樹邊回答。

「很多錢嗎？能買很多糖果和玩具？」他又問。

「對，很多很多錢。」馬尾哥笑道。

「可是，上班也可以領薪水。」林意晉說。

「上班賺得少，砍樹才賺得多嘛。」馬尾哥說。

「可是一棵樹要長那麼大，必須花很多年耶，砍掉不是很可惜嗎？況且，樹根可以抓住泥土，要是樹沒了，就很容易造成土石流和山崩，破壞水土保持。」我插嘴。

「沒關係啦，樹會再長，錢比較重要，反正山也不是我家的。」馬尾哥回答。

一股悶氣堵在我的胸口，讓我很想劈頭把他們罵一頓，像平常學務主任教訓搞不清楚狀況的學生那樣。就是有這種自私自利的人，絲毫不在意自然環境，以粗暴的方式掠奪山林，巡山員才會如此辛苦。

不行，我一定要想辦法逃走，還要檢舉這些山老鼠。

這時，我注意到金毛和馬尾哥腰際的手機，讓我萌生了一個念頭。

「你看到了嗎？他們有手機耶。」我對林意晉擠眉弄眼。

「對啊，還是最新款的IPhone，真有錢。」他說。

「那不是重點啦，我有個點子，待會兒我們謊稱肚子痛或是想尿尿，要他們給我們鬆綁，然後一個人搶手機，另一個人搶包包，用聲東擊西的方法，先逃走的就去報警。」

「叫你爸來抓他們？」

「不行啦，巡山員沒有執法權，只能進行蒐證和通報，實際逮山老鼠還是要有森林警察在場。」

「我知道了，我偷拿山老鼠的打火機，故意讓樹燒起來，變成求救的狼煙。只要森林起火，自然就會有人來救我們了。」

「笨哪，沒有受過登山訓練的普通消防員，是不負責森林大火的。森林火災一般都是巡山員負責，等到他們背著幾十公斤的裝備，帶著水袋、噴水槍、鏈鋸和滅火把上山，已經太慢了！」

「好啦，知道了。」林意晉清了清喉嚨，忽地扯著嗓門大叫：

「唉唷，我忍不住了，我好想尿尿。」

金毛和馬尾哥停下動作，金毛問：「死小孩，又怎麼了？」

「我快要尿出來了，幫我鬆綁啦。」林意晉裝出尿急的樣子，兩條腿還弓在一起。

「不行，你直接尿在褲子上。」

「可是我剛剛喝很多水，一定會尿很多，要是尿流到你們的木頭上，可不要怪我。」

「你……」金毛整張臉脹紅。

「算了，你就帶他去遠一點的地方尿好了。」馬尾哥說。

「真是會找麻煩。」金毛憤憤地走來，動手幫我們解開繩子。

趁著金毛專心處理繩結，林意晉向我使了個眼色，湊到我耳邊小聲說道：「瘦皮猴，如果今天就是我的死期，我想跟你說，謝謝你沒有丟下我。還有，我覺得巡山員很了不起，我很佩服你和你爸。要是我活得過今天，我長大以後，一定不要當山老鼠那種大人。」

可能是樹影斑駁，讓光線形成閃爍的金點，也可能是林意晉眼眶泛淚，又或者是我看錯了。總之，我很意外他這樣對我說。

「林意晉……」

就在繩索解開的一瞬間，說時遲那時快，林意晉一躍而起，大步衝向樹林彼端。我見事不宜遲，馬上跨大步奔往另一個方向。

沒想到，才跑了幾步，我居然一頭撞入壞人的懷中，被逮個正著。

「品泓！」是爸爸的聲音。

我抬起臉來，發現我並不是被壞人抓住了，眼前站著的，是我朝思暮想的爸爸。我不是在做夢吧？

再回過頭一看，樹林裡竟出現了好多穿制服而且荷槍實彈的警察。警察，還有巡山員，他們將金毛和馬尾哥團團包圍，各個面色正氣凜然，嚇得山老鼠馬上拋棄鏈鋸和鏟子，雙手舉高作投降狀。

至於跑去追盧巧惟和呂佑軒的那個小鬍子，則被雙手反綁，由一名警察專門看守。

「巧惟？佑軒？」我欣喜地喊：「你們怎麼會……」

我們相互擁抱，明明才分開幾十分鐘，卻猶如久別重逢。

盧巧惟說：「我們跑回登山步道，拿出手機，發現神木爺爺那邊有收訊，正準備打電話求救，就看見警察和巡山員一起上山來了。」她朝一位身材魁梧的伯伯微笑：「這位巡山員叔叔說，他們觀察這批山老鼠已經好一陣子了。」

爸爸接著解釋：「保七總隊的森林警察和巡山員在登山口集結的時候，巧遇搜救隊和家長們，後來決定兵分兩路，搜救隊去溪邊找，也就是你們手機最後留下訊號的地方，警察則過來盜伐熱點這邊。」

「搜救隊？」

「是啊，我們都自以為聰明，神不知鬼不覺的溜出來玩，事實上，我們的爸爸媽媽當天晚上就發現我們失蹤了，不只已經報警，還組成搜索隊跑到學校找我們。」呂佑軒咬咬嘴唇，浮現苦澀的笑：「我猜等一下他們就會上來了。」

「完了完了，這下子真的死定了。」林意晉擠到我們身邊，用力拍著額頭說。

「你們瞞著大人跑到山上，就要為自己的行為負責呀。」爸爸摟著我的肩，以溫和卻堅定的語氣說道。

「對了，爸你怎麼來了？你不是要出任務？」我問。

「一聽到你失蹤，我馬上趕回來了。」爸爸說。

感動和失落相互交纏，我把臉埋進爸爸胸口，「對不起。」我說。投入爸爸的懷抱，我才發現自己受到多大的驚嚇，這幾天有多害怕。

「知道錯就好，相信你也學到教訓了。」爸爸又摟了摟我。

「我以為只要在山上住兩晚，找到神木爺爺，就能證明我有能力跟你一起去出任務。後來我發現我錯了，山是不能被征服的，巡山員的責任是保護山林，山老鼠才會自以為可以征服大自然。」我落寞地垂下眼睫。

「原來如此。傻孩子，出任務是去工作，不是去玩。工作怎麼可以帶家人去呢？」

「咦，爸爸上次說可以帶我去的。」

「你聽錯了，我是說，下次我們一起去露營個十一天十夜，這次我需要你在家幫忙照顧媽媽。」

「所以不是因為我能力不足，才不帶我去？」

「當然不是，你有多厲害，我怎麼會不曉得？也不想想你是誰的兒子？」爸爸笑稱。

「噢，我以為你覺得我太小，直到現在，我出門還要帶瑪那。不然睡不著。」我嘟嘴。

「瑪那？你的那條小被被嗎？」爸爸啞然失笑。

我走向背包，把被扔在地上的瑪那撿起來摟在胸口。它經過這三天兩夜的摧殘，變得破破爛爛，還混雜了樹葉、土壤和很多奇怪的氣味，但我仍然聞得出它本來的氣息，非常讓人心安。我和瑪那的連結，無論如何都斷不開。

這時，我聽見一大群人吵吵嚷嚷的聲音，原來是搜救隊和家屬們來了。

「媽！」盧巧惟衝向她爸媽，三個人緊緊相擁。

連呂佑軒的爸爸媽媽也特別關店出來找他，看呂佑軒一臉滿足的模樣，肯定也感受到他在爸媽心目中的份量，絕對比餐廳重要許多。

還有林意晉，他的父母也到場了，他爸身穿西裝，他媽則穿洋裝配高跟鞋，爬到山頂的時候臉色都發白了。可是一見到兒子，便把所有辛苦全都拋諸腦後。

也多虧警察和巡山員伯伯幫我們講了不少好話，說我們幫忙抓山老鼠立下大功，我們才沒有受到過多責罰。我猜，當個小孩，還是有不少好處的。

「品泓，聽我說，長大不是一種狀態，而是一段過程。重要的是在過程中學習負責和汲取經驗。」爸爸摸摸我的頭，和藹地說：

「經過這次事件，我發現我兒子又長大一點了。」

「有嗎？」我一呆。

「當然。你帶領朋友們想辦法在野外求生和求救，證明了你是個負責任的人。」爸爸說。

我倆相視而笑。隨後，爸爸牽起我的手，帶我走向下山的路，我們回家。

「品泓，聽爸爸說，你還離不開小被被也沒關係啊，小被被代表你的原生家庭和童年經驗，能帶給你安全感。」

「是嗎？」

「是啊，就好比人和大自然相互依賴，自然孕育人類，就像母體孕育小孩。獨立是循序漸進的，必須從日常生活中培養。」

離不開小被被沒關係……好像曾經聽誰說過？啊，是卜幸！

「對了，爸，這次我們能平安，多虧了一個叔叔幫忙。」

「叔叔？」

「對啊，一個住在山上的原住民叔叔，他說他叫做『卜幸』，我覺得我們應該要登門拜訪，好好謝謝他。」

「卜幸？Pusing？」爸爸若有所思，眼眸閃過一絲奇異，「他是什麼模樣？」

「穿原住民傳統服飾？還是是牛仔褲？我想不起來。爸，你剛剛說什麼『Pusing』呀？」我問。

「Pusing。」爸爸回頭，目光落在遠處的懸崖邊，微微一笑道：「是泰雅族語『松樹』的意思。」

祕密行動不算成功，我們在大人的簇擁下離開山上，但不得不說，逮到山老鼠算堪稱意外的收穫。

爸爸回家了，歷劫歸來得這個晚上，許久沒有講床邊故事的爸爸，還特地陪在我身邊，告訴了我一個「金樹神」的傳說。

在爸爸值班的林務局分站宿舍旁，有是一棵樹齡約一千兩百年的紅檜，樹高四十七公尺，視為「金樹神」，據說非常有靈性。

在民國七〇年代，一處位於燕巢的宮廟乩身受到神明指示，帶著整台遊覽車的信眾來到南投深山，表明「金樹神」希望塑造金身，更清楚指出，金身塑像位於鹿港的一間佛具店。林務局分站的同仁們前往鹿港，果然找到了該佛具店。佛具店老闆說，前一晚夢到金樹神託夢，已經對他顯現法相。

不曉得金樹神是不是真的，也不知道爸爸為什麼突然講床邊故事給我聽。唯一可以確定的是，這一晚，我睡得格外安心香甜，夢裡充滿了森林野性的聲息。

紅檜

葉片：葉鱗片狀、十字對生

花形：雌雄同株，果實為毬果

花期：1-2月

高度：大喬木

看完品泓、巧惟、佑軒、意晉的冒險，是不是也迫不及待想來一場山林之旅呢？你還記得品泓他們為了這趟旅行，做了哪些準備嗎？讓我們再來回想一次吧！

出發前，品泓、巧惟、佑軒在上山之前就已經說好，各自準備了帳篷、水、藥品、食物，也事先在地圖上確定了可以紮營的地點。在山林中，則藉由學校學到的知識，避開有毒台灣馬醉木、容易過敏的咬人貓等。最後面對山老鼠，也謹記「不與他們正面衝突」的原則，冷靜地找機會脫身。

豐富的知識、事前的準備，讓他們在山林中遭遇意外時，有驚無險地度過一次次難關。

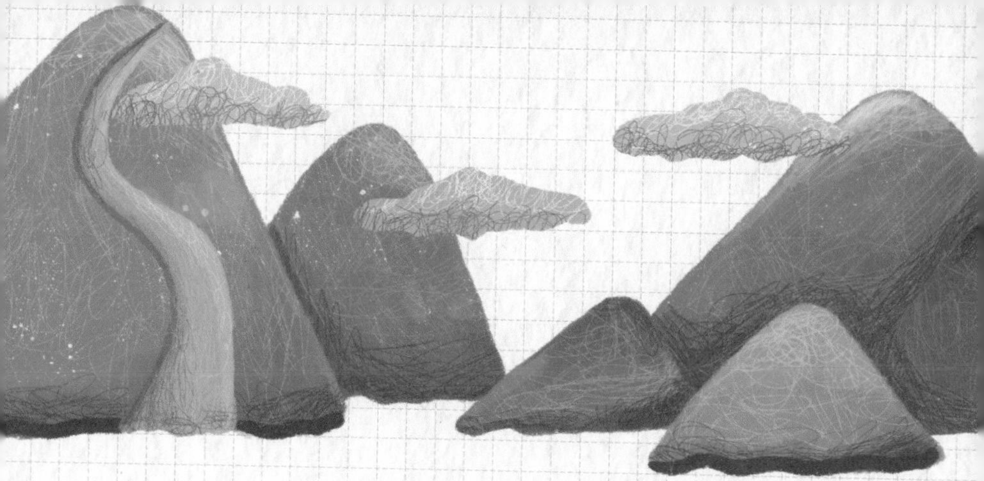

接下來，將由品泓爸爸親自開箱巡山員裝備，讓我們趕快來看看巡山員到底都帶了什麼上山吧！

巡山員，開箱！

Open

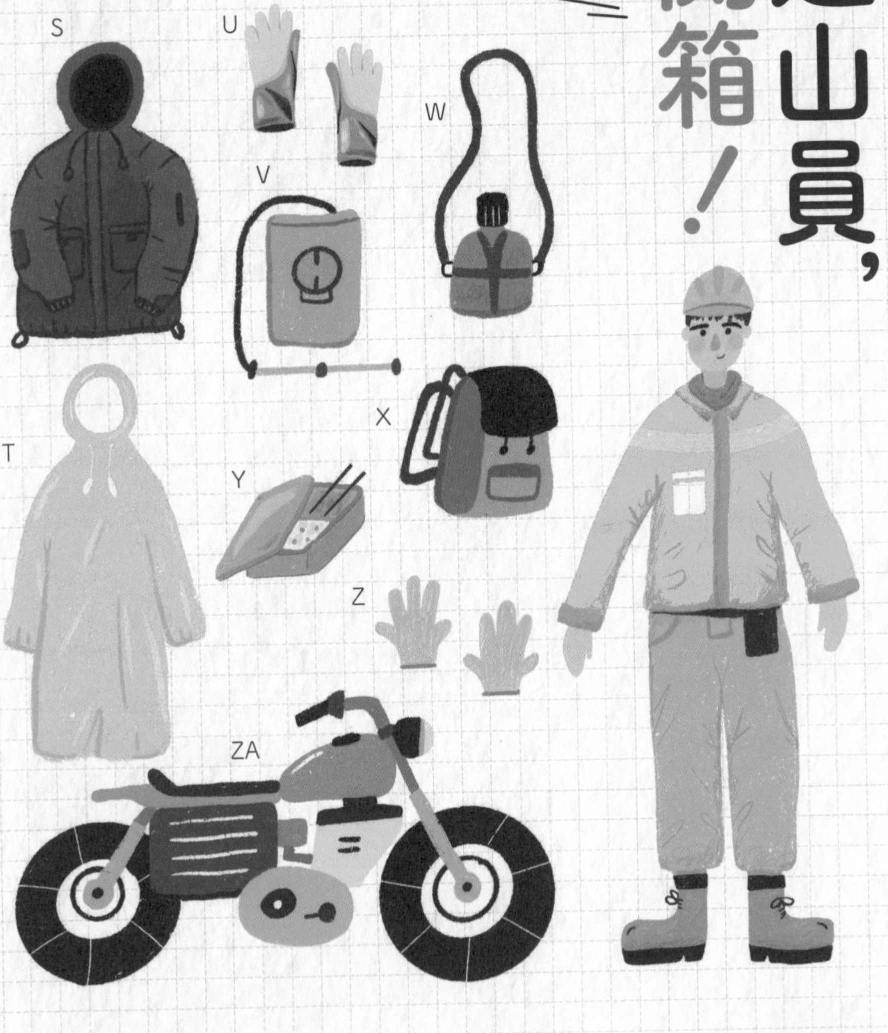

Q. 點火器
R. 小背包
S.防寒大衣
T.輕便雨衣
U. 防火手套
V. 背負式水袋
W.水壺
X.大容量背包
Y. 便當盒
Z. 棉質手套
ZA.打檔機車

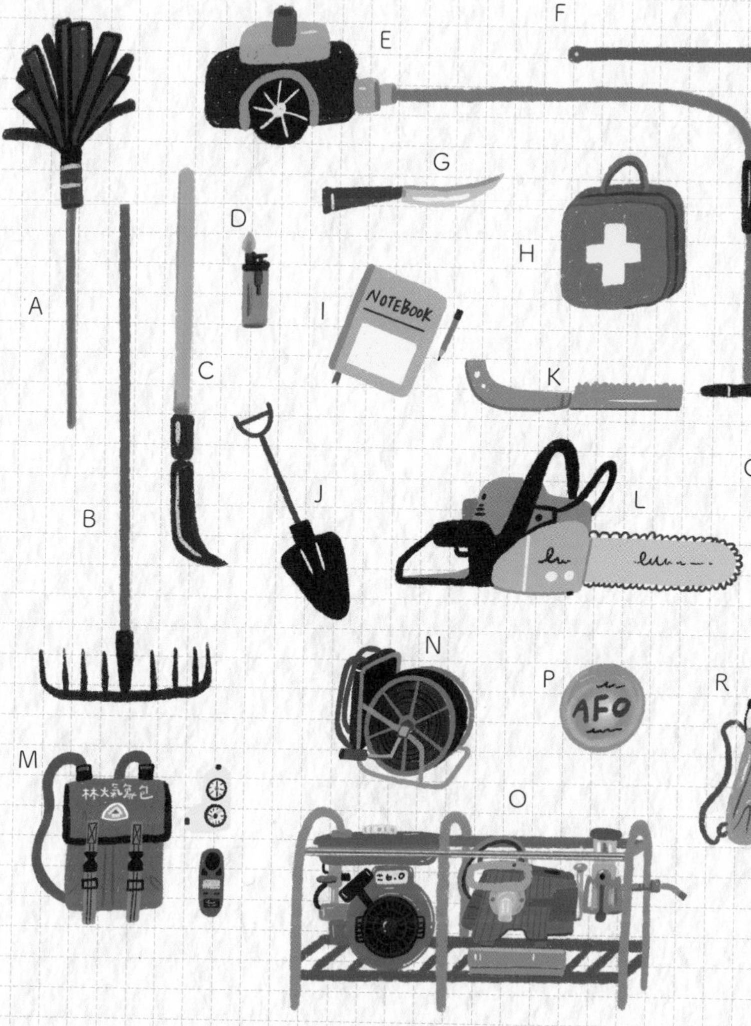

A. 火拍
B. 釘耙
C.草刀
D.打火機

E. 割草機
F. 斧頭
G.開山刀
H.急救包

I. 筆記本
J. 鏟子
K.手鋸
L.鏈鋸

M. 氣象觀測包
N. 水線
O.幫浦
P.滅火彈

親愛的小朋友，看完了巡山員的裝備，讓我們來想一想，今天如果我們要去露營，會需要帶上哪些東西吧！

首先，我們幫你準備了植物地圖，從低海拔到高海拔，哪一條是你心目中的最佳路線呢？

此外，還有特別為你設計的露營清單，出門前別忘了檢查東西是不是都帶好了、以免遺漏喔！

最後，還可以到山林小學堂，看看如何辨認植物葉片的形狀、花朵的排序，讓你在山林中多一種觀察、描述植物的方式!!

食

- [ ] 水壺
- [ ] 乾糧，如

其他我還想到

- [ ]

衣

- [ ] 換洗衣物　　套
- [ ] 毛巾
- [ ] 厚外套

其他我還想到

- [ ]

住

- [ ] 睡袋
- [ ] 充氣枕頭

其他我還想到

- [ ]

行

- [ ] 指南針
- [ ] 地圖
- [ ] 望遠鏡
- [ ] 童軍繩
- [ ] 手電筒

其他我還想到

- [ ]

醫

- [ ] 簡易急救包，裡面有

其他我還想到

- [ ]

鹿子百合
相思樹
九節木
青剛櫟
華八仙
筆筒樹
茄苳樹
山胡椒(馬告)
菟絲子
無患子
登山處
咬人貓

請沿虛線剪下

出門去！☑Checklist!
超實用露營

看完巡山員帥氣又實用的裝備，讓我們回頭來想一想，
今天要出門露營時，有哪些東西是我們可以自己準備的呢？

趕快動筆把它們記錄下來吧！

請沿虛線剪下

山林小學堂！

植物葉片與花的形狀

依照每隻葉柄上生長的葉子數量，可分為**單葉**、**複葉**兩大類。複葉葉柄上的小葉片，就叫做**小葉**。

葉序則是指葉子在莖上的順序，交錯生長的稱為「互生」，一對一對生長的就是「對生」。

葉片常見的形狀則有：針狀、線形、橢圓形、披針形、卵形、圓形、心形等。葉片的邊緣

對生

互生

茄苳樹的葉子
是掌狀複葉

也會有圓滑、鋸齒狀的分別喔!

花序則是一群、一叢花在花軸上固定生長的排列順序,常見的有:

單頂花序:花軸頂端只有一朵花。

穗狀花序:從花軸由下往上生長的小花朵,無花柄。

總狀花序:跟穗狀一樣由下往上生長,但是小花朵有花柄。

柔荑花序:花軸垂下,小花由上往下生長。

圓錐花序(又稱**複總狀**花序):花軸有數個總狀花序分支。

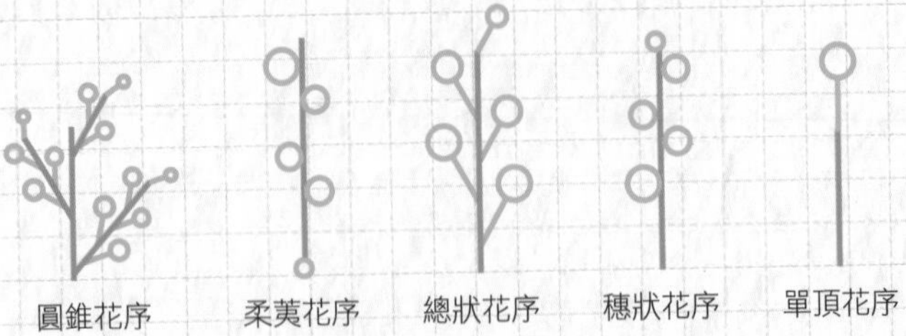

頭狀花序：花軸頂端為圓盤狀。

繖狀花序：花柄等長，在花軸頂端由外而內成熟開花。

繖房花序：小花在同一高度，但花柄越靠下越長。

雲端版・山林小學堂

掃描下方QRCode，就能進入《我的瑪那！》專屬網站囉！只要點選圖片，就可以看到植物簡介和裝備用途說明，讓你在任何地方認識植物、裝備，將知識帶著走！

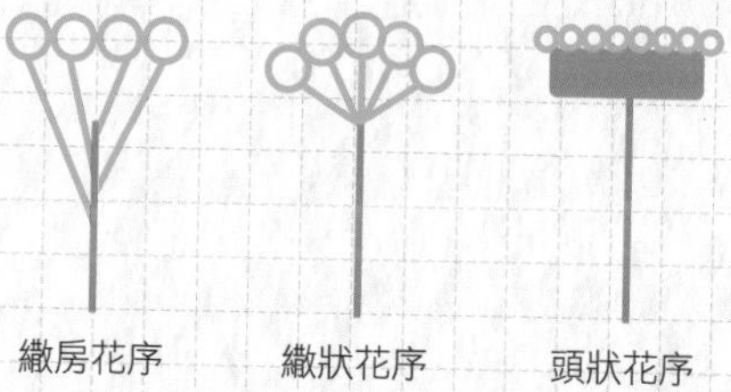

兒童文學63　PG2736

我的瑪那！山林中的成年禮

作者／海德薇
內頁、封面插畫／Naomi 芝
責任編輯／孟人玉
圖文排版／陳彥妏
封面設計／Naomi 芝
封面完稿／王嵩賀
行銷企劃／李孟瑾
出版策劃／秀威少年
製作發行／秀威資訊科技股份有限公司
114 台北市內湖區瑞光路76巷65號1樓
電話：+886-2-2796-3638
傳真：+886-2-2796-1377
服務信箱：service@showwe.com.tw
http://www.showwe.com.tw

郵政劃撥／19563868
戶名：秀威資訊科技股份有限公司
展售門市／國家書店【松江門市】
104 台北市中山區松江路209號1樓
電話：+886-2-2518-0207
傳真：+886-2-2518-0778

網路訂購／秀威網路書店：https://store.showwe.tw
國家網路書店：https://www.govbooks.com.tw
法律顧問／毛國樑　律師

總經銷／聯寶國際文化事業有限公司
221新北市汐止區康寧街169巷27號8樓
電話：+886-2-2695-4083
傳真：+886-2-2695-4087

出版日期／2023年8月　BOD一版　**定價**／390元
ISBN／978-626-96349-9-6

讀者回函卡

秀威少年
SHOWWE YOUNG

國家圖書館出版品預行編目

我的瑪那!山林中的成年禮/海德薇著 ; Naomi芝繪.
-- 一版. -- 臺北市 : 秀威少年, 2023.08
面 ;　公分. -- (兒童文學 ; 63)
BOD版
ISBN 978-626-96349-9-6(平裝)

863.596　　112002334